[E AÍ? VAI ENCARAR?]

[AÊ, PARABÉNS! É PRA VOCÊ QUE ESTE LIVRO É DEDICADO, CRIANÇA BRASILEIRA DE TODAS AS IDADES, QUE DEFENDE, COM CORAGEM E EMOÇÃO, A DEMOCRACIA]

DÉBORA THOMÉ
DICIONÁRIO FÁCIL
DAS COISAS DIFÍCEIS
LUCIO RENNÓ

jandaíra

PROJETO GRÁFICO: Adriana Campos
ILUSTRAÇÕES: Jack Azulita

um

Então era mesmo verdade: o último dia de aula tinha chegado! Era muita felicidade! Eu não podia acreditar que, finalmente, ia sair de férias. Não que eu não gostasse de aula. Eu adoro. E nem sei se as férias tinham muita chance de serem legais. Mas pensar que eu ia passar o tempo todo vendo passarinho, caçando sapo e correndo na lama era uma maravilha. Bom demais pensar nisso: bom de-mais-da-con-ta, como eu tentei falar de longe para a Luana, do outro lado da sala de aula.

Quando ela me viu, logo me avisou daquele jeito de quem fala com a boca bem aberta, mas sem sair nenhuma voz:

— André, eu preciso falar com você no recreio. Assunto urgente.

A professora, na hora, mandou a gente parar, e eu só fiquei pensando: o que será que está acontecendo?

A Luana sempre foi minha melhor amiga, de toda a vida, desde que a gente aprendeu a ler e escrever. Tudo começou no dia em que ela, assim como eu, tomou uma advertência porque, em vez de prestar atenção na aula, ficava vidrada no livro que estava lendo. Ela até tentou esconder embaixo da carteira, mas não houve jeito. No meio da bronca, a gente descobriu que gostava do mesmo livro.

PRONTO: VIRAMOS AMIGOS.

A Luana, às vezes, é brava demais — de-mais-da-con-ta. Ela fica muito mais calada que eu, mas, pelo menos, me deixa quieto quando eu quero fazer as minhas coisas e não fica perguntando por que eu tenho mania de usar um pé de cada meia colorida. Ela também não fica implicando porque, em vez de morar com a minha mãe e o meu pai, quem me leva na escola é meu avô Osvaldo, que fala de um jeito diferente.

Ela é bem alta, e eu tenho a metade do tamanho dela; ou melhor, tenho um palmo a menos.

A gente só anda junto: o tempo todo. Então, assim que entendi que tinha um assunto urgente, fiquei preocupado.
O que teria acontecido?

Depois dessa mensagem dramática da Luana, eu não via a hora de o recreio chegar.

Tocou o sinal, e fui correndo até a carteira dela. A cara que vi não estava nada boa...

— André, deu tudo errado! Lembra de Porto de Galinhas?

FÉRIAS

Da praia a que minha mãe ia me levar? Conchinha, mar azul, furar onda? Deu tudo errado! Tudo de tudo! Ela vai me explicar melhor quando eu chegar em casa, mas parece que não tem trabalho, não tem dinheiro, não tem férias.

Luana fez até um biquinho, e eu não sabia como consolar minha amiga. Quer dizer que ela ia continuar sem conhecer a praia? Quer dizer que eu também ia continuar sem conhecer a praia? Quem iria me contar, com todos os detalhes, sobre como era este Porto de Galinhas?

ESTE MUNDO ESTAVA MESMO TODO ERRADO.

— Luana, o que você vai fazer agora com suas férias?
— O pior é isso, André: eu não tenho a menor ideia.

Mas ali, no meio do recreio do Colégio República, cinco minutos antes de começar a última disputa de queimada do ano, me piscou uma eureca na cabeça.

Eu tinha certeza de que ela iria amar.

— Ei, Luana, vamos jogar queimada?
— Não quero, André. Agora tô chateada.
— Fica não. Eu passo na sua casa à tarde. Já sei uma solução.

DOIS

Dito e feito.

Acabou a aula e, quando meu avô veio me buscar, pulei no colo dele, antes mesmo de escutar a piada em espanhol de todos os dias, que eu nunca entendia.

— Vôoooo! Eu preciso te pedir um favor. E você precisa dizer que sim.

Nem deixei que ele respondesse:

— Vô, por favor, diz que sim. Abu, diz que sim. Não é um favor grande e você vai adorar. Vô, a Luana é incrível.

Meu avô não conseguia entender nada.

— Vô, a Luana, a mãe da Luana, as férias da Luana, vô, aconteceu uma coisa horrível. Horrível de-mais-da-con-ta. *Abuelito de mi corazón*, por favor!

Falei tudo isso esbaforido e puxando os erres. Quando eu puxava a cartada do espanhol e do de-mais-da-con-ta, meu avô já sabia que eu não ia arredar o pé.

— O que você quer?

Eu comecei a desenrolar toda a história complicada explicando o que sabia até ali: a catástrofe das férias da Luana, os olhos dela quase chorando, sem concha, sem mar, sem peixe, sem nada. Eu, como o melhor amigo dela desde sempre, precisava ajudar na operação salvamento das férias.

— Vô, a Luana pode ir para o sítio com a gente?

Meu avô, para minha surpresa, olhou e disse:

— Claro, porém...

(Por que adulto sempre, todas as vezes, tem porém?)

— A mãe dela já deixou?

Lá vinha o conluio adultístico, mas tinha que reconhecer que se tratava de um pedido justo.

Almocei correndo e fugi antes de comer a sobremesa. Não podia perder tempo, então fui lá interfonar na casa da Luana, que morava num prédio bem pertinho da minha casa.

Ela estava aos prantos.

TRÊS

Quando eu cheguei, não tinha a menor ideia do que fazer. É muito ruim quando uma amiga chora, e a gente só quer que ela pare, mas, ao mesmo tempo, não consegue resolver o problema, porque tem umas coisas do mundo dos adultos que eu realmente não entendo nem sei solucionar. Mas eu tinha certeza de que era alguma coisa bem importante e séria.

E ela também só sabia que era sério, que não tinha mais férias e que a mãe dela não podia perceber — de jeito nenhum — que ela estava chorando. E olha que ela estava chorando muito.

Fomos tomar um sorvete, para ver se ela ficava mais calma. Eu sempre fui fã dos sorvetes de fruta que vendiam na esquina da casa dela; mas a Luana insistia em comer sorvete de chocolate com creme em outra sorveteria. Toda vez era a mesma negociação, mas a Luana estava precisando muito mais que eu naquela hora, então achei que o certo era fazer o que ela queria.

Depois de ouvir minha boa notícia, eu sabia que ela ficaria melhor.

Pedi duas bolas de manga, Luana foi no de sempre: o moço da sorveteria até sabia qual era. Fui de casquinha, ela de copinho. Pelo menos numa coisa a gente concordava: sorvete era a melhor coisa do mundo! Essa parte nem precisava negociar.

Mal esperei ela se sentar e já saí falando:

— Luana, eu achei uma solução.

— Como? Você arranjou um trabalho para minha mãe?

— Não, Luana, isso eu não consigo. Mas eu já pensei num jeito.

— Desembucha, André.

— Quer passar as férias no sítio do vô Osvaldo? Lá não tem praia, mas tem rio. Não tem concha, mas tem pedra. Não tem onda, mas tem lama. Tem também peixe de rio, formiga, livro e morro para subir.

A cara que a Luana fez não foi a mais empolgada do mundo, mas, pelo menos, ela parou de chorar. Eu nunca tinha visto a Luana chorar até aquele dia. Ela já tinha me visto uma vez só, quando eu caí no meio da corrida. Foi horrível, meu joelho sangrando, o rosto todo sujo de terra e sangue, três pontos bem pertinho do olho. Eu chorei um monte e, até o vô chegar, a Luana ficou lá comigo, de mãos dadas. Mas a Luana era diferente, ela quase nunca fazia drama.

— É, André, eu acho que até pode ser legal. Quem sabe a gente não tem umas surpresas por lá? Quem sabe não dá tempo de eu ler uns livros também? Aprender algumas coisas novas?

— Sim, Lu, vamos! Por favor, você vai gostar. Vai ser bom de-mais-da-con-ta.

— Tá certo, André. Vou pedir para a mamãe.

Agora só faltava a mãe dela deixar.

Ela ia deixar, eu tinha certeza.

Quatro

Assim que cheguei em casa, fui correndo até o quarto da mamãe.

— Mãe, o André, meu amigo... O André, aquele que fala sem parar, que gosta de ler, que mora com o avô argentino. Mãe, o André...

Mamãe estava no telefone falando com alguém. Ela parecia não prestar atenção nem na pessoa, nem em mim.

— Mãe, o André. Você sabe quem é.

— Luana, você não percebeu que eu estou no telefone?

Ela fez aquela cara de brava, e eu achei melhor esperar mais um pouquinho para voltar ao assunto da viagem. Fui brincar com meu cachorro e tentar não chorar mais uma lágrima, afinal, agora eu já tinha um convite, uma proposta e a salvação das minhas férias.

Praia era muito legal, mas rio também podia ser bacana, e eu lembrava que uma vez o André tinha falado que o avô dele tinha histórias secretas e incríveis para contar do país onde ele morou e, principalmente, do que ele fazia e de como teve que fugir para o Brasil. Tem uns assuntos que são mesmo muito difíceis, mas, quem sabe, nesses dias todos, ele não poderia nos explicar um pouquinho que fosse?

Enquanto esperava minha mãe, joguei umas dez vezes a bola para o Ruivo, meu cachorro vira-lata. Eu jogava, ele devolvia, eu jogava, ele devolvia... Aquilo já estava bem sem graça. Imagina isso um mês inteiro. Era meu último dia de aula, férias começando amanhã, e eu naquela situação.

Fui de novo até a porta do quarto, mas a mamãe não saía do telefone. Era assunto sério.

— Mãe — falei baixinho.

Ela disse para a pessoa no telefone:

— Tá bom, tá bom. Eu já te ligo. Eu sei, estamos no meio de uma crise, eu não sou a única que ficou desempregada. Eu sei, vai ficar tudo bem. A Luana está aqui agitada e não quero que ela fique preocupada. Eu já te ligo.

Virando-se para mim, mamãe continuou:

— Fala, Luana, o que você quer?

— Esquece, mãe, acho que você não vai deixar nunca mesmo.

Eu até achava que ela podia deixar, mas eu sempre falava isso antes para ela pensar que eu ia pedir uma coisa muito impossível. Em geral, depois, minha mãe sempre dizia sim.

— Fala, Luana, fala o que você quer. No máximo, eu vou dizer que não.

Mas minha mãe estava mesmo muito esquisita. Eu fiquei meio com medo, mas mais medo ainda eu tinha de passar as férias trancada, só eu e o Ruivo, naquela coisa de bola para um lado, bola para o outro. Então soltei tudo de uma vez, sem nem deixar quicar.

— Mãe, o avô do André, o vô Osvaldo, ele tem um sítio, um baú, umas histórias, uma biblioteca, galinha, rio, pedrinha e muito mais. E ele já me convidou para passar as férias lá.

Para não perder a chance, eu ainda caprichei na cara daquele gatinho sofrido. Na verdade, eu parecia o Ruivo quando tinha almôndegas no almoço. Acho que foi isso que derreteu a mamãe. Ou então ela não conseguia pensar em nada mesmo, só no tal desemprego e na crise econômica, e era mais fácil dizer sim.

— Tá bom, Luana. Vou ligar para o avô do André.

Eba! Minha sorte começava a virar. Já achava que essas férias estavam prometendo.

Além disso, me dei conta de uma coisa muito bacana: viajar com um amigo podia ser muito mais legal do que ir com a minha mãe. Nunca tinha feito isso antes! Coisas novas são sempre uma aventura.

cinco

Hora de arrumar a mala. Separei uma galocha, um maiô, umas roupas para sujar na lama e meu livro da sorte. Eu chamava de livro, mas era tipo um diário onde eu anotava tudo de legal que acontecia, reunia papel de bala, bilhete dos amigos, cachos do meu cabelo, ideias e coisas que eu aprendia.

Escrevi na página do dia:

"Hoje começam as minhas férias. Será uma grande aventura. Mas que aventura será?"

O vô Osvaldo passou lá em casa às 7 horas da manhã. No carro dele, onde tinha canto, tinha coisa: pote de vidro, comida, vara de pescar, bota de caminhada, macarrão para nós e milho para as galinhas. Tinha também colchonete, lanterna, planta e uma barraca. Eu nunca tinha visto tanta coisa aglomerada, mas encontrar o André encaixado ali naquela montoeira de apetrechos me deu um quentinho no coração.

Eu pensei, mas não falei: ter um amigo assim é tão bom.

De longe, só ouvi minha mãe dizendo: "Obrigada, Seu Osvaldo. Cuida bem das crianças e fala para a Luana não dormir tarde e obedecer".

Mamãe me deu um abraço forte e sussurrou no meu ouvido, com jeito de quem quer te convencer de uma coisa de que nem ela tem muita certeza: "vai ficar tudo bem".

Eu preferia não pensar nisso naquela hora. Eu estava muito feliz em, finalmente, poder conversar com o avô do André. Todo mundo me falava que ele tinha sido um homem muito importante e que, por isso, sabia de tudo sobre as coisas e os livros. De minha parte, eu achava que, se havia alguém que poderia me explicar o que estava acontecendo, o que era a tal da crise, esse alguém era ele.

Entrei no carro correndo e dei tchau para a minha mãe da janela. Deu um medinho pequeno de ficar com saudade dela e do Ruivo, mas mamãe explicou que não era longe.

— Qualquer coisa, eu vou te buscar.

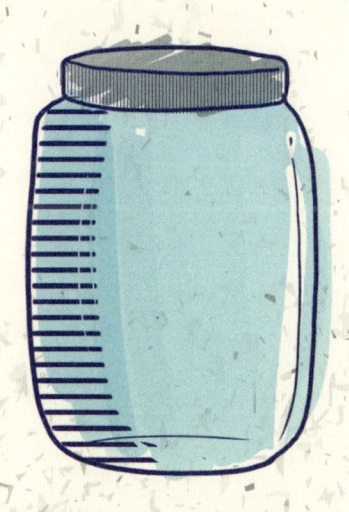

Mas eu era lá garota de ser buscada? Eu ia ficar até o final: com medo, sem medo, com saudade, sem saudade. Vô Osvaldo ainda avisou para mamãe anotar o número de telefone daqueles do tipo antigo, pois, lá no mato, o celular não pegava direito. Essas férias iam ser mesmo uma grande novidade. Como o tempo passa sem nenhum joguinho para jogar, sem nenhum vídeo para ver?

O André usava um chapéu de explorador, como se a gente fosse para um safári. Será que também tinha leão por lá? Acho que não, mas não perdi a chance de implicar. No sítio, só tem mesmo bicho de roça, como grilo, rã, passarinho, borboleta e mosquito. Eu coloquei meu short jeans e prendi o cabelo num rabo de cavalo para ter visão completa. Fui com o tênis velho, o do meu coração. Esse ainda dava para subir as pedras. Eu adoro brincar de subir pedras e fingir que sou uma grande exploradora das montanhas: Luana, a desbravadora do Monte Roraima. Lá no sítio, o André me mostrou na foto, tinha um monte de morro para subir. Nada tão grande assim, mas acho que, para a minha idade e altura, seria um excelente treinamento.

Quando já estávamos todos a postos, amarrados pelos cintos de segurança, o vô Osvaldo avisou que ia dar a partida. Ele então ligou o carro, e eu ainda olhei para a minha mãe e o Ruivo mais uma vez, mas era hora de ir viver novas experiências; pelo menos, por uns dias.

Atrás do carro, olhei no fundo dos olhos do André e, sem respirar, falei:

— Seu Osvaldo, é verdade que o senhor teve que fugir da Argentina com um nome falso porque tinha gente querendo te prender?

Ele se engasgou e logo começou a falar:

— Deixa a gente chegar na roça, lá eu te conto tudo. Ou melhor, você vai descobrir.

SEIS

A chegada ao sítio do vô do André foi uma frustração completa. Não parava de chover. A gente olhava pela janela e chuva, chuva, chuva. Lama, lama, lama. Por sorte, não fazia frio, então eu ficava inventando algumas brincadeiras na varanda. Os muitos armários do vô Osvaldo guardavam vários jogos antigos, daquele tipo que não precisa de celular ou videogame para brincar.

Dentro de casa, passávamos inventando moda. Já eram quatro dias em que acordávamos cedo, tomávamos nosso leite com um pouquinho de café e saíamos caçando, entre um quarto e outro, o que podia ser feito para que o tempo passasse até a hora do almoço e, depois, até a hora do jantar. Por volta das sete da noite, quando acabávamos de ajudar a lavar toda aquela louça, o Caco chegava, e o vô começava a contar as histórias dele.

Ah, eu esqueci de contar duas coisas. Uma delas foi que, assim que eu cheguei, o vô Osvaldo me avisou: "Olha, Luana, pode parar com essa história de me chamar de senhor. Pode me chamar de vô, no máximo, de abu, que é um jeito carinhoso, parecido como as pessoas chamam os avós no país onde eu nasci".

A outra coisa que eu esqueci de contar era do Caco, o primo emprestado do André. Ele morava numa cidade mais longe, mas também passava as férias lá na roça, então, sempre que o André chegava, aproveitava todas as horas que podia para brincarem juntos. Mesmo com a possibilidade de grandes disputas de pique-esconde, gato mia e polícia e ladrão, a hora preferida do Caco era a contação de história. Era quando o vô Osvaldo ia até a sua biblioteca lotada de livros, com histórias do mundo inteiro, e desandava a contar tudo o que ele tinha aprendido.

O vô se sentava na poltrona, e nós três, nas cadeiras em volta, fazendo uma roda. Eu não sei se ele lia o livro de verdade ou se só fingia e contava uma história da cabeça dele. O Caco, que era o menor, ficava interrompendo o tempo todo, pedindo mais detalhes e explicações sobre cada uma das pessoas e dos lugares sobre os quais o vô ia falando. Também podia ser porque, às vezes, o vô Osvaldo falava colocando umas palavras em espanhol no meio.

— VÔ, COMO É A NEVE?
— VÔ, O QUE É BALEIA?
— VÔ, O QUE É BALÃO?
— VÔ, TEM BALA?

Se existissem mais palavra com a letra B, o Caco ia seguir falando, mas eu olhava com uma cara bem brava para ele, pois a gente queria ouvir a história — saber como ela acontecia e, principalmente, como ela acabava.

O vô Osvaldo era mesmo muito sabido. Na verdade, ele morava no Brasil, mas tinha passado quase toda vida antes na Argentina, que é um país vizinho daqui. Tão vizinho que chamamos os argentinos, muitas vezes, de "hermanos", que significa "irmãos" na língua deles, o espanhol. O vô Osvaldo contou que, na Argentina, as pessoas também amam futebol, música e churrasco, assim como no Brasil.

O André me explicou alguma coisa do tipo que ele teve que fugir, que lá houve uma ditadura, mas eu não entendi nada e fiquei esperando um momento melhor para perguntar de novo. Afinal, já tinha falado aquilo no carro, e eu tinha as férias inteiras!

O pouco que eu sabia era que o Tim, o pai do André (o assunto proibido), já tinha nascido aqui mesmo no Brasil, e a mãe dele... Bem, esse então era assunto proibidíssimo. Dela eu não sabia nada de nada.

No quinto dia, eu já não aguentava mais tanta chuva, então acordei meio desanimada. O que eu não sabia era que, naquela tarde, depois do almoço, a história daquelas férias de chuva e lama mudaria para sempre.

Enquanto a gente procurava o jogo de damas no armário, um livro caiu no meu pé. Nele estava escrito com giz de cera, todo preenchido com lápis de cor: "Dicionário Fácil das Coisas Difíceis" e, embaixo, com uma letra toda desenhada: "de papai para Martín".

André ficou mudo. E a verdade é que eu também.

SETE

Eu não acreditava que tinha achado um livro que tinha sido do meu pai. Do meu pai! Era bom de-mais-da-con-ta!

Olhei para a Luana sem saber como explicar para ela como aquilo era importante, mas eu acho que ela entendeu, porque ela arregalou um olho tão grande que mais parecia o peixe que a gente ainda não tinha pescado.

— André, e agora? O que a gente vai fazer?

— A gente vai guardar segredo, pelo menos por dois dias, por uns dias, não sei quanto.

— Mas, André, será que é certo?

A Luana era brava, então, às vezes, só às vezes, eu tinha um pouquinho de medo dela. Mas, naquela hora, resolvi tomar a decisão.

— Luana, eu não sei, mas a gente precisa entender melhor o que tem aqui dentro.

Ela estava desconfiada, mas topou minha proposta. Acho que foi porque a Luana precisava entender melhor o que estava acontecendo na casa dela, que tinha a ver também com as tais das "crises". Se o dicionário explicava coisas difíceis, essa certamente seria uma delas.

Nas primeiras páginas, pude ler a dedicatória do meu avô:

"MARTÍN, QUERIDO, EU SEI QUE O MUNDO, ÀS VEZES, PARECE MUITO COMPLICADO E QUE ALGUNS ACONTECIMENTOS MUDARAM TODA A HISTÓRIA DA NOSSA FAMÍLIA.

EU SEI QUE NEM SEMPRE UNS ASSUNTOS SOBRE POLÍTICA, GOVERNO, PROTESTO E SOCIEDADE PARECEM MUITO LEGAIS, MAS, ACREDITE, ELES SÃO FUNDAMENTAIS NA VIDA DE TODAS AS PESSOAS E PODEM SER, SIM, FÁCEIS DE ENTENDER.

PREPAREI ESTE DICIONÁRIO PENSANDO EM VOCÊ, PARA QUE CONHEÇA, DESDE CEDO, COMO AS PESSOAS SE ORGANIZAM E PASSAM A VIVER JUNTAS, EM UMA COMUNIDADE. SAIBA, NA NOSSA CASA, A POLÍTICA SEMPRE FOI UM ASSUNTO APAIXONANTE E FEZ PARTE DA NOSSA VIDA. TENHO CERTEZA, VOCÊ VAI DESCOBRIR ISSO TAMBÉM.

COM AMOR, PAPAI."

Abri o livro, na primeira página, estava escrito com letras grandes:

DEMOCRACIA

Era hora de começar...

DICIONÁRIO FÁCIL DAS COISAS DIFÍCEIS

de papai para Martín

Democracia

Quando as pessoas se juntam e moram num mesmo lugar, elas precisam ter alguma forma de decidir sobre aquilo que é de todo mundo, como a rua, a calçada, o parquinho, a escola, o hospital...

Essas são coisas que todos podem usar de graça, ou, pelo menos, que parece que são de graça. Essas coisas são conhecidas como públicas. Então, quem decide sobre as coisas públicas? Quem decide que o parque vai ser onde ele é? Que vai ter um balanço e um escorregador, em vez de uma gangorra e um trampolim? Se o parque fosse só meu, eu escolheria. Mas como não é só meu, é para todo mundo usar, quem é que decide?

A democracia é um jeito de fazermos escolhas sobre essas coisas que são de todos. Tem muitos jeitos de tomar decisões. A democracia é uma delas, e é a que mais escuta o que as pessoas pensam e querem. Na democracia, a participação de muita gente na decisão é possível. Mas já imaginou se todo mundo da cidade fosse discutir cada vez que tem que consertar o balanço da praça? Ou colocar um poste na rua? Não ia ser nada fácil. Então, na democracia, escolhemos pessoas que vão tomar decisões por nós. Afinal, somos muito ocupados com os deveres de casa e as brincadeiras para ficar decidindo tudo sempre sobre o parquinho, a escola ou a rua. Essas pessoas são as **representantes** ou, em alguns casos, governantes.

Por isso, alguém teve a bela ideia de criar o **voto**, uma coisa fundamental para a democracia existir. Funciona assim: nas **eleições**, a gente vai até a urna para escolher quem vai tomar decisões em nosso nome, seguindo nossa vontade. Se as pessoas que nós escolhemos começam a tomar decisões erradas, nós podemos, na eleição seguinte, tirá-las e colocar outras. É preciso saber ganhar e saber perder.

As decisões, em uma democracia, devem ser feitas de uma forma livre, com as pessoas conversando e trocando ideias, sem que ninguém obrigue ninguém a fazer uma escolha. Assim, elas podem convencer e ser convencidas sobre o que é melhor para todos. Numa democracia de verdade, é importante que todas as pessoas estejam atentas às **desigualdades** para garantir que todos, todas e todes, de todas as raças, tenham os mesmos direitos e oportunidades de viver uma vida boa. Na democracia, ninguém deve ser perseguido ou punido por ter uma ideia e defender essa ideia – desde que ela não ofenda, nem maltrate ninguém. Afinal, não dá para defender a construção de um balanço que machuque seus amigos.

Para mim e para meus amigos, a democracia era primeiro um sonho bonito, que conseguimos construir depois de muita luta e muito esforço. A democracia pode ter seus problemas, mas é a melhor forma de tomar decisões sobre as coisas que interessam a todas as pessoas.

Nem sempre a nossa vontade ganha, mas, seja como for, a democracia deve ser cultivada para ficar cada vez mais forte, como uma plantinha, e precisa ser defendida daqueles que querem tomar decisões sozinhos, sem ouvir ninguém, apenas porque se acham mais fortes ou melhores que os outros.

Eu dei um suspiro, ainda tentando entender toda aquela história de democracia. Coisa pouca não era, pois foi justamente com ela que meu avô começou o tal dicionário. Ao mesmo tempo, eu fiquei com uma vontade enorme de abraçar meu pai. Pensar que meu avô tinha escrito aquilo para ele há tantos anos, e agora eu estava ali, aprendendo tudo isso, era realmente de ferver a cabeça.

Num segundo, pensei mil perguntas que eu precisava fazer ao vô Osvaldo: se a democracia é o melhor jeito, qual é o pior? Como é que a gente escolhe em quem votar? E se eu quero ser a pessoa que decide, como é que faz?

Tudo isso passou que nem um furacão pelo meu cérebro. Eu acho que a Luana nem se deu conta, porque ela ainda tentava entender, que nem eu.

Ela só virou para mim e disse:

— André, que coisa mais linda! Seu avô escreve tão bem!

Era um bom começo.

OITO

Naquela noite, tanto eu quanto o André estávamos exaustos. O Caco não apareceu, porque a mãe dele o proibiu de sair. Chovia sem parar, com direito a raio e trovoada. Os bichos ficaram todos encolhidos. Nós também: comemos e fomos logo para debaixo das cobertas dormir antes das oito, ou com as galinhas, como dizem na roça.

Eu não sabia, mas a natureza tem um despertador automático que todo dia – nem nas férias dá sossego – nos acorda. É o tal do galo. Pois esse danado de galo, no sítio do avô do André, acordava o pessoal bem cedinho.

Quando abrimos a janela, vimos o estrago feito: a chuva forte tinha derrubado a cerca e arrancado as raízes de um monte de mamoeiros que tínhamos plantado justo no dia anterior, no minutinho em que a chuva tinha dado trégua.

Às vezes, eu pensei, essa natureza pode ser nada democrática: sai destruindo tudo o que vê pela frente, sem se importar com a vontade de ninguém.

Foi ruim ver as plantas ali, sem força nenhuma para reagir. Mas a verdade é que minha cabeça estava lá longe, quer dizer, lá perto, no armário onde se escondia o livro. Nessa manhã, tudo estava meio diferente. Eu mal conseguia conter a minha curiosidade sobre aquele livro que o pai do pai do André tinha escrito para o filho dele, que era o pai do André. Por que será que ele tinha escrito? O que tinha acontecido com o vô Osvaldo para ele inventar um livro inteiro? O que mais tinha naquele livro? Só pensava nesse mistério.

— André, por que esse galo tem que ficar gritando todo dia tão cedo?

— Não sei, Luana. Não o conheço tão bem. Vamos tomar café?

Pulei correndo da cama e fui tomar meu café da manhã antes de escovar os dentes, para não ter que tomar leite com gosto de pasta sabor menta. A gente já tinha combinado que não ia avisar o vô Osvaldo do livro-tesouro. Mas eu sempre fui terrível nesse negócio de fingir e de contar mentira. Meu rosto ficava vermelho na hora, e eu, parecendo um pimentão ou um tomate ou um morango geneticamente modificado.

Ai que medo! No café da manhã, a gente ia encontrar o vô pela primeira vez depois de descobrir o livro-presente-segredo.

O André pegou minha mão com força e me olhou fixamente:

— Não vai ser a vacilona – ele me disse, sem nem piscar.

Ai que medo! Agora eu tinha medo do André, do vô dele e acho que até do pai do André, que nem estava no sítio com a gente, mas, afinal, era o dono do tesouro, do presente, do livro, do mistério, sei lá.

Para completar, eu ainda queria fazer um monte de perguntas sobre a tal democracia. O livro explicava muito bem, mas eu queria entender melhor por que era tão importante.

Quando chegamos à mesa, o banquete já estava servido, e era do meu tipo preferido: ovo caipira, com gema mole amarelinha, bolo de fubá, geleia de goiaba e um café quente. Se o galo azucrinava nas madrugadas, a galinha botava essas maravilhas.

O vô logo perguntou o que a gente andava cochichando na tarde do dia anterior. A minha cara começou a ficar vermelha, e André logo me mandou uma piscada de longe. Eu adorava quando ele piscava, porque fazia uma cara bem fofa e engraçada, então comecei a rir e deu para disfarçar, mas ainda gaguejei um pouco.

— Ham... Hum... Ah... Foi um quadrinho. A gente encontrou um livro, quer dizer, um quadrinho antigo e foi bem divertido.

O André, aflito, emendou:

— Não foi nada disso. É que a Luana contou uma piada e era muito boa.

Eu acho que o vô Osvaldo já estava desconfiado, pois ele logo falou:

— Ah é? Então quero conhecer a piada; me conta, Luana?

Pois foi quando danou-se de vez. Porque minha cara não foi de tomate, foi de batata roxa mesmo. Eu detestava esse negócio de mentir; eu era péssima. Todas as vezes em que fingia estar passando mal para não ir à escola, minha mãe descobria. Agora eu ainda ia ter que inventar uma piada! Eu? A pior piadista do universo!

O André, então, desandou a falar um monte de coisa, a gata miou, o galo voltou a cantar sem parar, e o assunto tomou outro rumo. Mas, assim que deu, ele me puxou num canto, e a cara dele era de muito bravo. Muito mais do que eu jamais tinha visto.

— Luana, você ficou maluca? Você quase contou nosso segredo. A partir de agora, quem dá todas as ordens sobre o livro sou eu.

— Mas, André... Será que seu avô não vai gostar de falar tudo o que ele sabe para a gente e tirar todas as dúvidas? Ele conhece tanta história legal!

— Já disse! E a resposta é não, não e não! Sobre o livro, eu que mando, afinal era do meu pai, então é meu também. A partir de agora, se quiser ler, tem que seguir as minhas regras e somente as minhas ordens.

O Caco chegou quando eu ouvia quieta aquilo tudo e tomou um susto: o que estava passando pela cabeça do André?

— André, do que você estava falando? Livro? Pai?

— Viu, Luana? Agora ele já sabe o nosso segredo. O meu segredo. Só por isso, você hoje não vai ler comigo.

O Caco tremeu na base.

Foi aí que, como que do nada, o livro caiu do armário e abriu exatamente na segunda página. E lá estava...

Ditadura

Quando algumas pessoas, todas do mesmo grupo, com as mesmas ideias e as mesmas vontades, resolvem que apenas elas – e ninguém mais – podem mandar, e obrigam todos a obedecer, temos uma ditadura. Por pior que seja, a ditadura também é uma forma de decidir sobre as coisas que são de todos. Uma forma nada democrática!

A verdade é que, na ditadura, o pequeno grupo que toma todas as decisões não tem limites: eles fazem o que querem. Normalmente, conseguem isso porque são os que têm mais força, mais armas e, assim, obrigam todos a seguirem suas ordens.

É como se fosse um valentão na escola. Aquele menino mais forte e mais chato que acha que pode tudo, inclusive maltratar as outras crianças, principalmente as que são menores ou que precisam de ajuda. Os **ditadores**, assim como os valentões, se acham melhores que os outros, por isso não querem ouvir ninguém. São uns covardes metidos à besta que tiram vantagem dos demais e machucam muita gente. Eles inventam as regras do jogo para que eles vençam sempre e não deixam mais ninguém participar.

Numa ditadura, as pessoas que pensam diferente são perseguidas, humilhadas e punidas. Não podem acreditar no que querem, não podem se juntar com outras pessoas para discutir sobre as coisas que são de todos, não podem ler os livros de que gostam e nunca são ouvidas.

Pior: não podem nem dizer o que pensam em voz alta. É como se fosse uma terra do não pode, cheia de **censura**.

Na ditadura, só alguns poucos, pouquíssimos, têm todos os direitos. Os outros têm mais é que achar bom, se não...

nove

Ai, que vergonha! Que vergonha imensa eu estava sentindo. Mas agora estava tudo ali, tim-tim por tim-tim.

O Caco olhou para a Luana, a Luana olhou para mim, e eu entendi a mensagem. Aquela história de ditadura me dava terror e medo. E ser valentão era coisa de gente covarde.

Que coisa mais horrível era isso!

Imagina só: ter que obedecer às ordens o tempo todo...
Imagina: somente uma pessoa decidir, escolher e ter os brinquedos...
Imagina: alguém me dizendo que livro eu posso ler, que música eu posso ouvir, com quem eu vou conversar ou o que eu vou pensar...

O Caco me olhou bem sério:

— André, será que, desta vez, não é a Luana que tem razão?

Aquela leitura fez um nó na minha cabeça, alguma coisa eu tinha que fazer para não ser o valentão da vez. Se meu avô escreveu aquilo, algum motivo importante tinha. Além disso, para contar um segredo, eu achei estranho de-mais-da-con-ta o livro cair no meu colo, aberto na página, justamente quando eu dava aquele monte de ordem à Luana.

Mas, poxa, o livro secreto era meu! Era a minha história! Eu não queria ter que dividir com ninguém.

Abracei bem forte o livro e fui com ele para o quarto. Avisei que estava com dor de barriga e me tranquei lá dentro, bem daquele jeito quando a gente tem vergonha e não sabe o que fazer. (Eu detesto ter que pedir desculpas!)

Enquanto eu ficava ali enfezado e encruado, que nem ovo que não sai da galinha, a Luana e o Caco foram até o quintal. O vô Osvaldo estava consertando o telhado por causa da chuvarada do dia anterior. O estrago tinha sido grande, e as goteiras estavam pela sala e pelo corredor das fotos.

Meu avô tinha um corredor cheio de fotos antigas. Entre elas, eu gostava de ver meus pais no casamento, na viagem deles e quando eu nasci. Também tinha foto da minha avó e da avó da minha avó e do avô do meu avô. Esses avós eram todos argentinos. Numa das fotos, meu avô era um menino assim da minha idade, em cima de um cavalo, num lugar que ele chamava de Pampas, na Argentina. Minha avó usava umas tranças bem longas no dia em que eles se casaram.

Numa outra foto, meu avô já aparecia num carro azul desbotado e bem antigo. Em cima do carro, tinha um monte de cacareco e minha avó estava bem barriguda de grávida. O vô Osvaldo contava que eram fotos da viagem que eles fizeram de Buenos Aires, a capital da Argentina, até Brasília, a capital do Brasil, quando se mudaram para cá.

Com a chuva, o vô estava preocupado: não queria que o pinga-pinga acabasse estragando as fotos e apagando suas lembranças. Lá do quintal, ele chamou:

— André, Luana, Caco, precisamos fazer uma coisa juntos!

Eu, ainda daquele jeito mal-humorado, avisei que estava com dor de barriga, mas ele continuou.

— Venham, melhor consertar isso aqui hoje, quando o tempo está bom. A chuva deixou vários tijolos quebrados, mas o quanto antes a gente consertar, menos estrago vai fazer na casa. Se fizermos este conserto juntos, acho que vai acabar mais rápido e ficar melhor.

A Luana e o Caco logo toparam a missão; a tarefa, afinal, era para todo mundo. Mas quando viu a altura do telhado, a Luana ficou morrendo de medo de subir. O Caco, mesmo com as perninhas curtas, avisou que já estava indo lá para cima. Como ele era bem pequeno, conseguia chegar num canto bem no alto do telhado.

Assim, cada um foi dando o seu palpite e ajudando como podia. Até a gata decidiu participar. O mais importante era resolver o problema! O vô Osvaldo sozinho não ia dar conta, nem a Luana, nem o Caco, nem eu, que fugia cheio de vergonha no quarto, e muito menos a gata, que só fazia miar.

O vô, então, perguntou o que a Luana achava melhor.

— Sabe, vô, outro dia, quando eu tomei picolé de coco, eu esqueci o palito na varanda. Quando eu me lembrei e fui jogar no lixo, o palito, misteriosamente, não estava mais lá. Eu achei que o vento tinha levado, fiquei chateada de deixar sujeira pelo caminho, mas tomei um susto quando descobri que umas 1.958 formigas deram um jeito de arrastar o palito cheio de açúcar até o formigueiro. Elas pareciam umas pessoas fortes, cada uma carregando um pouco, todas com suas patinhas caminhando na mesma direção.

Nesta hora, o Caco chamou a Luana lá de cima e pediu para ela ficar vendo de longe se os tijolos estavam indo para o lugar certo. Ela era boa nesta coisa de observar! O vô Osvaldo ficou encarregado de segurar a escada bem forte para o Caco não cair.

Tudo o que o trio sabia era que tinha uma missão: garantir as fotos! Para isso, eles precisavam criar um plano, botar a cachola para funcionar, pôr a mão na massa, consertar os buracos do telhado e, finalmente, parar as goteiras.

Ufa! Que trabalheira! Podia ser até divertido, mas não era fácil resolver as coisas em grupo.

Ainda deitado no quarto e me sentindo meio valentão-ditador enquanto eles trabalhavam sem parar, achei que era a minha chance de continuar a leitura sozinho, sem ninguém para meter o bedelho e me atrapalhar.

Escondido da Luana e do Caco, abri o livro, e a página dizia assim:

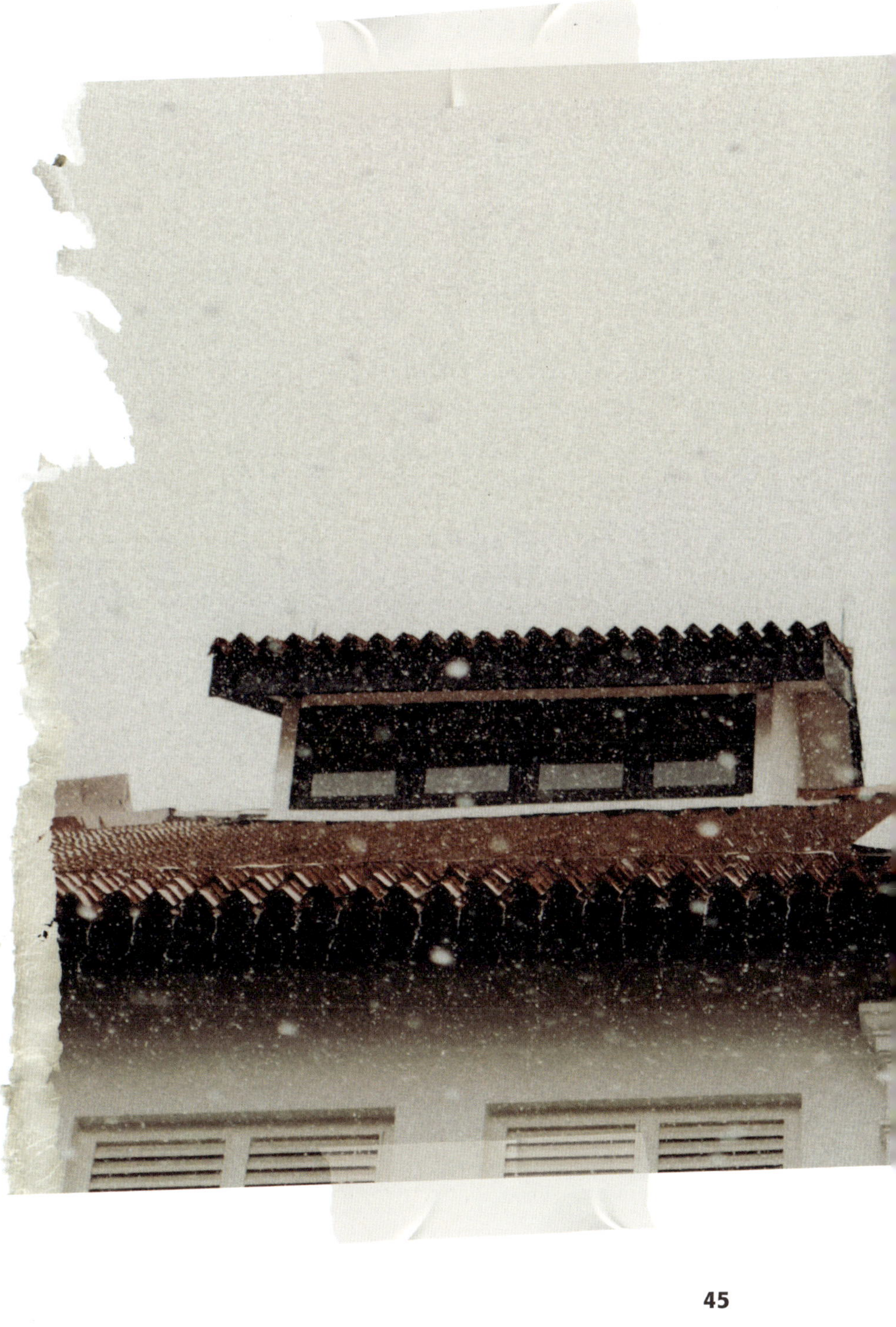

Sociedade civil organizada

As pessoas vivem se encontrando, e seus caminhos vivem se cruzando. No meio disso tudo, elas vão descobrindo que têm interesses em comum, que querem coisas bem parecidas: ter saúde e comida na mesa, morar num lugar bonito e seguro, estudar em uma boa escola, ter um bom emprego, ser feliz. Seja no colégio, no bairro, no clube ou até mesmo na roça, onde parece que tem menos gente, muitas vezes, as pessoas se juntam com outras para se ajudar e conseguir as coisas que querem e pelas quais se interessam. Trabalham juntas por um objetivo comum, pelo desejo de todos de criar coisas boas.

Por exemplo, pode ser que as pessoas queiram melhorar a escola do bairro. Aí, conversam e formam um grupo para pensar em como agir. Elas podem fazer isso acompanhando o trabalho das professoras e professores, pensando nas aulas que são dadas, ou se organizando para melhorar a pintura das paredes ou as quadras de futebol de salão e de basquete. Com isso, elas ajudam a fazer a escola melhor.

Normalmente, esses grupos escolhem um nome para eles, e acabam ganhando vida própria, como se fosse uma coisa só, que é formada por toda a gente que participa e colabora. Na escola, por exemplo, existem vários grupos. O dos pais é conhecido como Associação de Pais e Mestres. O dos alunos, como Grêmio Estudantil. Às vezes, os grupos querem a mesma coisa, mas de formas diferentes, então nem sempre se entendem. Mas aí conversam e vão tentando achar pontos em comum. O mais importante é que eles possam tentar fazer isso, ou seja, dialogar.

Na democracia, as pessoas podem se juntar e se organizar em grupos, e esses grupos podem pensar e agir de formas diferentes. Já na **ditadura**, só pode se organizar e existir como grupo quem pensa igual aos fortões que mandam sozinhos!

Quando as pessoas que querem as mesmas coisas se organizam para trabalhar juntas para o bem de todos os participantes do grupo, falamos de uma organização: da sociedade civil organizada.

É organizada porque as pessoas definem o que querem para o grupo e pensam juntas em como vão dividir o trabalho para tentar conseguir o querem. Isso cria um sentimento de pertencer a algo coletivo, que é muito maior que só sua vida. Participando, a gente aprende a se identificar com os problemas e com a vida de outras pessoas, que, no final das contas, se parecem bastante com os nossos.

E uma coisa é certa: é mais fácil e gostoso conseguir coisas juntos.

E eu, que passei o dia sozinho, podia ter ficado juntinho da Luana, do Caco e do meu avô para consertar o telhado. Teria sido bem mais divertido.

Bobeei.

Estar junto com as pessoas para fazer umas coisas importantes, como ajudar a arrumar o telhado, é bom demais. Ver que deu certo o trabalho em conjunto dá uma sensação de alegria.

No máximo amanhã, sem falta, eu vou chamar o Caco e a Luana para lerem esse trechinho do livro do meu avô... Ou do meu pai... Ou nosso.... Livro é de todo mundo, é do mundo inteirinho. Está decidido: da próxima vez, eu vou participar e ajudar também.

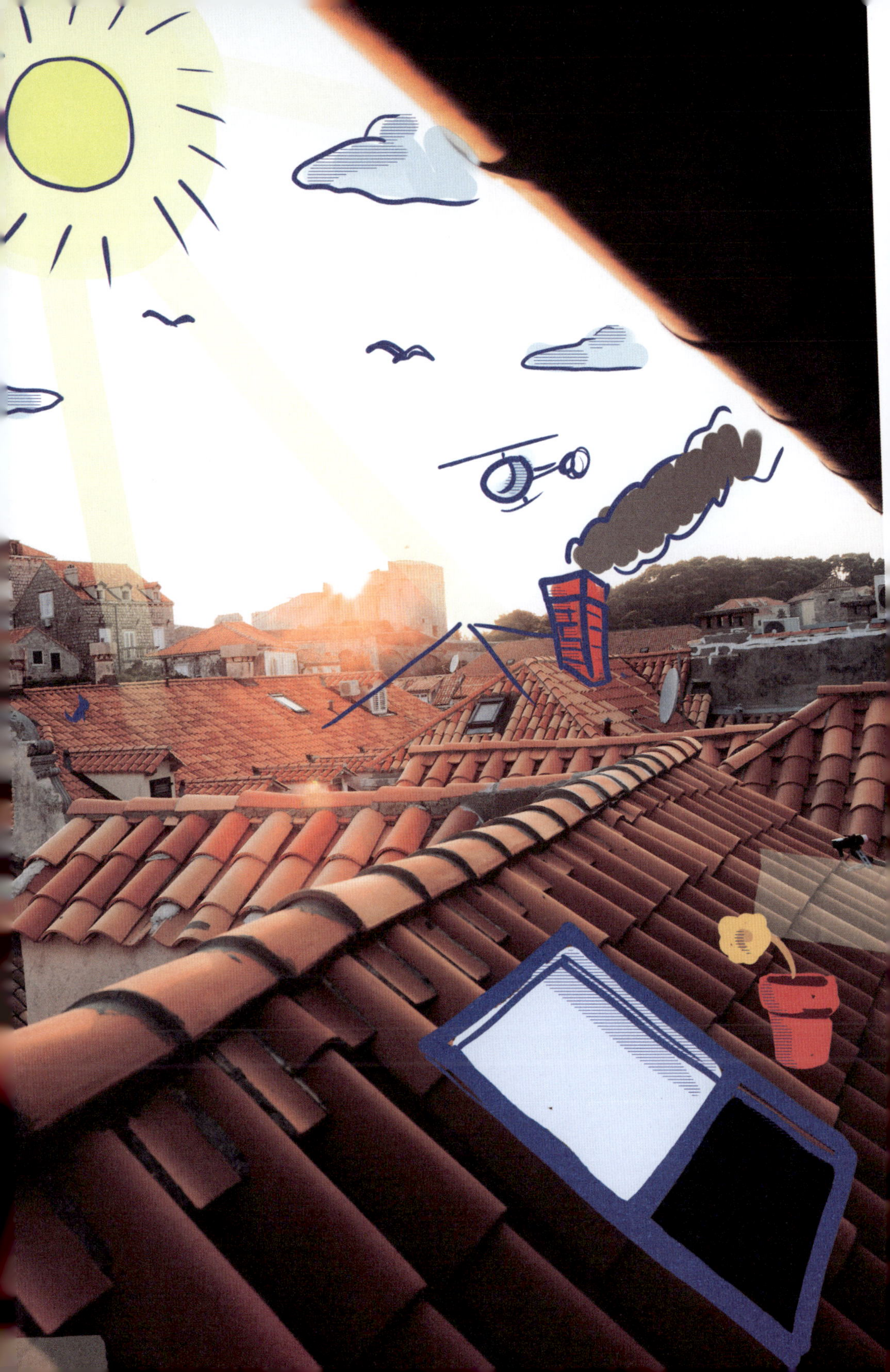

DEZ

Essa coisa de consertar telhado cansa, viu?

Ainda bem que eu não precisei fazer sozinha, aí ficou mais fácil de resolver. Mas, enquanto a gente ia empurrando a telha o mais rápido possível antes de a chuva voltar, o vô Osvaldo já avisava: ainda tem muito trabalho pela frente, não termina aqui.

Ai, caramba, justo hoje o André resolveu dar um chilique desses? O que será que deu nele? Ele nunca é assim. Ao contrário, ele é muito democrático e sempre conversa antes de decidir qual vai ser a nossa brincadeira ou o sabor do sorvete.

A ajuda do André estava fazendo muita falta. Quanto mais pessoas para ajudar, mais rápido a gente poderia resolver o problema nas telhas e proteger as fotos.

Depois daquele monte de dias de chuva, fazia um calor gigante, eu suava, estava um horror. Minha blusa estava fedorenta, meu cabelo cheio de poeira e nó, e o Caco também ia ficando todo desconjuntado, cansado, implorando por um copo d'água a cada dois minutos. Como não tinha mais ninguém além de nós três, lá ia eu e voltava da cozinha, com a garrafa quase escorregando da minha mão, para dar água para o Caco em cima do telhado.

Haja energia!

Só quem parecia ainda ter paciência para tudo aquilo era o vô Osvaldo. Acho que gente mais velha entende melhor o tempo das coisas, as crises, as mudanças do vento, quando tem chuva de raio e que remédio tomar quando a gente tem febre. Uma coisa era certa: ele adorava observar o céu e sabia esperar a ventania passar.

    O bom era que, enquanto tentava resolver o problema, para que a gente não ficasse prestando atenção nas horas que passavam, o vô animava o trabalho cantando e repetindo sem parar uma música:

A SORRIR
EU PRETENDO LEVAR A VIDA
POIS CHORANDO
EU VI A MOCIDADE PERDIDA
FINDA A TEMPESTADE
O SOL NASCERÁ
FINDA ESTA SAUDADE
HEI DE TER OUTRO ALGUÉM PARA AMAR

— Vocês já ouviram falar do Cartola? — o vô Osvaldo perguntou. E saiu completando, como sempre fazia — Pois é um compositor muito antigo de samba, da Estação Primeira de Mangueira, do Rio de Janeiro. Essa foi a primeira música que eu aprendi a cantar quando cheguei ao Brasil... Gostava de embalar o Martín quando ele não dormia de noite. E eram muitas as noites em que ele não dormia. Acho que é a música do coração do Martín.

Quando ouviu isso, o André deu um pulo da cama e chegou em dois minutos onde a gente estava, perto do telhado, para acompanhar o que a gente fazia, já quase terminando. Chegou do nada, voando, parecia uma assombração e desandou a falar.

— Abu, por favor, canta de novo! Eu quero conhecer!

Como eu e o Caco já tínhamos decorado a letra e a melodia, repetimos junto com ele.

Com um graveto, eu fiz a bateria nos tijolos, e o Caco, que levava jeito para a música e sabia assobiar como um canarinho da terra, entoou as notas. O vô começou a cantar:

**FINDA A TEMPESTADE
O SOL NASCERÁ**

Nossa banda ficou tão bonita que acho que foi isso que fez o André perceber, finalmente, que era mais legal ficar bem perto. Até a gata veio ouvir. Depois que cantamos duas vezes, ele já sabia a letra, então entrou com uma tampa de panela, e o conjunto ficou perfeito. A participação dele era o que faltava: estava organizada a Sociedade dos Cantadores de Cartola. André fez um desenho bem engraçado para marcar a nossa sociedade de três, criou até uma bandeira. Nessa hora, o vô chamou a gente lá de dentro.

— Caco, André, Luana, venham terminar a arrumação aqui no corredor. Preciso de vocês.

A Sociedade dos Cantadores de Cartola, arrumadora de telhados, solucionadora de problemas e protetora das amizades, estava organizada para mais uma etapa da missão fotos do corredor.

Quando chegamos lá: que bagunça!

Era foto espalhada por tudo quanto era canto. O vô explicou: nossa missão era secar o vidro de cada uma, ver se tinham quebrado ou rasgado com a ventania e colocar de volta naquele monte de pregos que se espalhava pelo corredor. Agora que o telhado já estava a salvo, cada uma podia voltar ao seu cantinho de origem.

E minhas deusas do universo, como tinha foto! Eram para lá de 50! Para ajudar a organização, eu separei em grupos. Tinha umas em sépia, que é aquele marrom de muito, muito, muito tempo atrás, do tempo das tataravós; tinha também umas em preto e branco, de muito, muito tempo atrás, e tinha umas de só muito tempo atrás, quando as pessoas tinham esses carros esquisitos que sempre apareciam nas fotos e usavam umas calças largas, larguíssimas, que cobriam os pés. O mais engraçado era que sempre tinha uma criança pregada no capô dos carros esquisitos, como se viesse junto deles.

Mas nessa minha separação de fotos, um dos bolos que eu ia montando era de fotos mais do tempo de agora mesmo, todas coloridas. Numa delas, o André já era um menininho e estava do lado de uma mulher e de um homem no meio de uma praça lotada de gente e de bandeiras. Foi só juntar cré com lé para pensar na minha cabeça: uau, são a mãe e o pai do André.

Bem quietinha, virei a foto com todo cuidado para ter certeza de que não tinha nada rasgado, o André e o vô Osvaldo não podiam perder essa foto. Ali, numa língua diferente, estavam escritas umas coisas que eu não tinha a menor chance de entender. Mas tinha uma parte em português que dizia: "Lembrança de um dia especial, quando a sociedade organizada conseguiu garantir a liberdade".

Que casa com tantos mistérios. Que família pitoresca. Agora ainda mais isso.

O André chegou do meu lado e eu, sem pensar, escondi a foto. Não sabia se ele ia ficar feliz ou triste.

— O que você tá escondendo? — ele me perguntou

Mostrei a foto e o bilhete. Aí, sim, que ele virou fantasma mesmo.

— Vem cá, Luana, chama o Caco, quero mostrar para vocês o último capítulo que li do livro.

Onze

Esse livro estava começando a ficar muito misterioso. Era preciso fazer uma reunião urgente da Sociedade dos Cantadores de Cartola.

Eu tinha já alguns planos na cabeça.

O primeiro deles era mostrar ao Caco e à Luana a última página que li sozinho. Acho que aquele texto explicava muita coisa.

Além disso, precisava resolver o que a gente ia fazer agora com estes dois segredos: o livro e a foto.

Terceiro assunto: quais seriam as próximas missões da Sociedade dos Cantadores de Cartola? Nada de ditadura, agora eu sabia que o bom era resolver todas as coisas com um escutando o outro. Todo mundo podia – e devia – conversar para decidir melhor. Como todo mundo era amigo, ia ser fácil dar um jeito de ir conversando e concordando com algumas coisas. Tinha certeza!

A primeira fase não demorou, afinal, a gente só tinha que ler sobre a sociedade civil organizada e como ela se junta para resolver os problemas que são de todos.

— Espera! – a Luana praticamente deu um grito, de tão animada – É exatamente o que a Sociedade dos Cantadores de Cartola faz! Nós resolvemos várias coisas, e juntos.

O Caco parecia perdido no meio daquilo tudo. E, como de costume, não parava de fazer perguntas para tentar entender a bagunça de ideias: era muita informação em turbilhão. Será que era porque ele era menor que a gente?

Mas não dava tempo de explicar cada detalhezinho. O quebra-cabeça estava começando a fazer algum sentido, mesmo com todas as peças soltas.

— Luana, é isso – eu continuei – Quando você me mostrou a foto, eu tinha certeza de que era hora de voltar para o livro. As coisas estão ligadas! Esse livro e aquela foto, entre todas as fotos, estão nos falando algo. Mas, por mais que eu pense, ainda não sei qual é esse mistério.

Fiquei matutando: como vamos desvendar as pistas? Como vamos descobrir mais informações? Que nem pica-pau em árvore, eu ficava na minha cabeça ouvindo o mesmo toc toc toc se repetindo: tinha chegado a hora de conversar com o vô Osvaldo. Ele conhecia as coisas, então ter a opinião dele ia ajudar a pôr as ideias que passavam pela nossa cabeça no lugar. A Sociedade dos Cantadores de Cartola podia fazer muita coisa sozinha, mas ia ser bom pôr um pouco de ordem na bagunça.

Mas a verdade é que, naquele exato momento, o livro estava no nosso colo, e a curiosidade era de matar. Olhamos os três para ele ao mesmo tempo e decidimos:

Vamos pesquisar no livro?

Viramos a página, e lá estava escrito:

Partido político

Imagine que só exista uma quadra na praça, no clube ou no parque onde você, suas amigas e seus amigos vão brincar todos os dias. É tanta criança que vocês chegam a mais de 100. Cada um gosta de brincar de uma coisa diferente: uma prefere jogar futebol, a outra prefere pique, uma terceira prefere ainda disputar corrida. Se cada uma quiser fazer a sua vontade todos os dias, como é que vai dar jeito?

Vai ser impossível! Ninguém vai conseguir brincar de nada!

Assim também é com as decisões que as pessoas tomam sobre como o país funciona numa **democracia**.

No Brasil, este país que nos abrigou, vivem milhões de pessoas. Imagine se cada uma delas quiser decidir sobre cada uma das coisas? Por isso, uma das soluções que encontraram foi inventar esse tipo de clube a que se dá o nome de partido político.

Funciona mais ou menos assim: o pessoal que gosta do futebol se reúne, discute e pensa: "Jogar futebol é muito legal, é bom para a saúde e integra as pessoas"; ou também "jogar futebol é muito mais divertido que correr". Enquanto isso, os amigos que preferem a corrida dizem: "como é bom correr, a gente pode fazer em grupo ou sozinho, durando muito ou pouco tempo. Correr é muito melhor que jogar futebol".

Depois que os grupos que defendem ideias diferentes se reúnem, eles podem, então, ir em busca de pessoas que concordem com um lado, ou com outro. Assim, fica mais fácil fazer uma votação para resolver como usar a quadra.

É desse jeito que funciona um partido. Partidos políticos são uma forma de **sociedade civil organizada**, só que com mais registros e regras, voltados só para pensar sobre as decisões políticas e sobre a forma como cidades, estados ou países se organizam. Se alguém, por acaso, quer ser um representante para tomar as decisões em nome de outras pessoas, ele deve escolher um partido político para disputar as eleições. Em diversos casos, são os partidos que procuram as pessoas para que elas se candidatem.

Da mesma maneira como futebol e corrida são ambos divertidos, não existe partido político certo, melhor ou pior, desde que eles defendam a **democracia**. O que existe é um partido que combina com aquilo de que você gosta, com as coisas em que você acredita. Aliás, talvez seja ao contrário, é justamente a existência de partidos que defendem coisas diferentes, sempre apresentando suas ideias e agindo de forma honesta e respeitosa com os outros, o que faz com que uma democracia exista. Os partidos reúnem pessoas que pensam muito parecido sobre o que é melhor. E é nos partidos onde estão aquelas que mais se interessam pela política.

As ideias que as pessoas defendem são conhecidas como **ideologia**, que é uma forma de defender um jeito como a gente gostaria que o mundo fosse. Tem **partidos** e pessoas que querem mais igualdade entre todas e todos, com um governo trabalhando principalmente para diminuir as distâncias entre os mais pobres e os mais ricos. Esses partidos, normalmente, são considerados de **esquerda**, porque lutam pela justiça social, para que exista menos **desigualdade** entre as pessoas. Outros partidos preferem defender mais a **liberdade** individual, ou seja, que cada um possa se desenvolver de forma independente, sendo responsável pelo seu próprio sucesso ou fracasso. Esses partidos costumam ser considerados de **direita**. Diferentes ideologias significam diferentes soluções para melhorar os problemas da nossa vida, da **sociedade**.

As ideologias acabam se transformando nas **políticas públicas**, que são as ações dos partidos políticos quando ganham **eleições** e assumem cargos no **governo**.

DOZE

Quer dizer, então, que isso é um partido político? Já tinha ouvido mil vezes na televisão, mas não tinha captado. Agora eu estava começando a entender tudo. Ia voltar cheia de ideias dessas férias, podendo ter uma conversa séria com a minha mãe. É incrível como coisas difíceis podem ficar fáceis. O vô Osvaldo era mesmo sabido: que sorte a do Martín, que ganhou o livro. E que sorte a do André, com um avô desses.

Mas eu não conseguia era parar de pensar na foto e no bilhete atrás dela. Lá estavam aquelas pessoas, todo mundo feliz, comemorando, festejando alguma coisa. Fechava os olhos e vinha a imagem das letras que não entendia e do bilhete em português: "Lembrança de um dia especial, quando a sociedade organizada conseguiu garantir a liberdade". Que dia especial seria aquele? Quando foi que isso aconteceu? Acho que a missão mais importante da Sociedade dos Cantadores de Cartola era aprender com o livro para investigar e entender o que tinha acontecido.

À noite, foi difícil dormir. Nós não falamos quase nada, só ficamos matutando sobre todas as coisas que nós nunca soubemos exatamente o que significavam, além das histórias misteriosíssimas que não paravam de pular na nossa frente naquela casa, naquele sítio. Como dizia o André: era suspense de-mais-da-conta!

Eram já umas 11 horas da noite, então o Caco tinha ido para casa. Ele chegou calado e foi embora mudo. Devia estar guardando um caminhão de porquês na cabeça. Eu, na cama de cima do beliche, revirava no lençol e escrevia as novidades no diário – era muita coisa para contar. O André, na cama de baixo, acendia e apagava o abajur. Ficamos assim um tempão, até que o sono venceu.

E adivinha quem nos acordou no outro dia, bem antes da hora que deveria? Sim, o tal do galo. Sério: será que alguém não podia desligar o galo às vezes?

Quando estiquei o pescoço para baixo como um avestruz, vi que o André já não estava mais na cama. Ai meu Deus, cadê o André agora? Onde será que ele foi parar? Será que já não temos mistérios demais por aqui?

Corri para o banheiro, pois acordei apertada, precisava muito fazer xixi, e prioridades são prioridades. Mas, logo depois, voltei à primeira missão do dia: achar o André.

Essa até que foi fácil. Cheguei na cozinha e lá estava ele olhando o abu passar um café. Estava um cheiro bom. A mesa já tinha queijo, leite, bolo de laranja, manteiga e pão de forma. Tinha também um pão diferente, comum no país em que ele nasceu, que lá chamam de *medialuna*, porque parece uma meia-lua. Que delícia!

Minha barriga roncou o ronco bom da fome quando vê comida. Uma vez, a professora me explicou – e eu aprendi – que o ronco da fome nem sempre é bom sinal... Ele acontece muitas vezes quando as pessoas não têm o que comer. Um dia, quando eu escrever o meu dicionário de coisas difíceis, vou explicar isso também.

Com aquele banquete na minha frente, nem pensei duas vezes e sentei pertinho do André. Eu olhei para ele, e ele olhou para mim. Na verdade, a gente já tinha uns sinais secretos, de quem se conhece muito bem. Tem gente de quem a gente gosta tanto que não precisa nem falar para entender. Mas nem eu nem ele sabíamos muito bem o que fazer naquela hora. Foi então que o André, sem mais nem menos, tirou a foto do bolso e sacou o livro que escondia atrás das costas.

Acho que minha cara ficou de todas as cores do arco-íris ao mesmo tempo, e meu estômago começou a embrulhar.

Quando me dei conta, estava tudo em cima da mesa: foto com bilhete e o livro mágico, o tal Dicionário Fácil das Coisas Difíceis.

— Abu, o que são essas coisas? O que elas significam? Eu tenho tantas perguntas para fazer — disse o André.

Pronto. Uma coisa a menos. O André finalmente tinha se convencido a fazer o certo, e agora ele queria entrevistar o vô Osvaldo para desvendar o mistério. Parecia um cientista, detetive ou um daqueles jornalistas na televisão pesquisando e fazendo perguntas sem parar.

Bem que ele podia ter me avisado que ia fazer isso desse jeito. O André é meio assim, digamos, atabalhoado, maluco e imprevisível (adoro esta palavra, minha mãe explicou que é para falar de alguém que sempre faz algo que a gente não esperava), mas, no fim das contas, ele não faz por mal. Afinal, era a história da mãe e do pai dele. Era a história dele! Era normal não conseguir mais aguentar e querer entender tudo de vez.

Claro, era isso: ele estava mais nervoso que eu!

Olhei dentro dos olhos do André, peguei na mão dele com uma força de gigante, daquelas que só amiga tem. Era uma senha do tipo: conta comigo, estamos juntos. E, juntos, fomos tentar entender o que tinha acontecido.

TREZE

Mais calmo que uma lagarta, o vô Osvaldo respirou bem fundo, pronto para contar uma loooonga história.

— Vocês sabem, meninos, muita gente da minha idade passou por uns desafios bem difíceis na vida. No nosso caso, tivemos que enfrentar muitos perigos para que pudéssemos ter o direito de sermos cidadãs e cidadãos de verdade.

Foi desse jeitinho assim que o abu começou a contar o que seria uma das histórias mais fantásticas que já tínhamos ouvido. Era uma história sobre a vida de todos nós, sobre o que somos, sobre como vivemos e convivemos.

Enquanto falava com toda a paciência do mundo, ele explicava sobre uma palavra muito importante, uma das tantas incluídas no livro, que ainda não tínhamos alcançado. Ele falava de cidadania.

A gente olhava sem saber até onde esta história ia chegar, logo o abu parou um pouco para tomar um gole do café com leite e dar uma mordida na *medialuna* com recheio de doce de leite mineiro. Ele comia com tanto gosto aquele pão argentino que eu quis muito provar um pouco também. Cortei uma pontinha e... Nossa, aquela *medialuna* mais parecia um pedaço do céu; ou melhor, um céu inteiro. Era tão deliciosa que, por um instante, nem me lembrei mais do livro.

Enquanto isso, o abu retomou o fôlego e voltou a falar.

— Houve uma época, não somente na Argentina, mas também no Brasil e em países como o Uruguai e o Chile, todos aqui bem perto, em que as pessoas eram perseguidas e punidas porque pensavam de um jeito que os governantes achavam errado. Elas não tinham o direito de defender suas ideias ou de tentar conseguir o que queriam, porque não podiam se organizar ou se manifestar com liberdade. Elas eram vistas como uma ameaça e, por isso, proibidas de ser quem queriam ser e de defender o que achavam que era melhor para a sua vida e para a sua sociedade. Como os governantes são quem controla a força, nesses momentos, a essas pessoas, a única opção que restava era aceitar o que outros achavam certo, mesmo que fosse totalmente diferente do que pensavam. Elas não tinham direitos, não eram cidadãs e cidadãos. Naquela época, nem votar para presidente era permitido.

O abu falava essas coisas com tanta tranquilidade, com tanto equilíbrio. Deve ser coisa de gente que tem cabelo branco e aquelas rugas ao lado dos olhos. Eu, que não tenho ainda nem cabelo na perna, ouvia aquela história revoltado: como é que pode alguém não aceitar que as pessoas são diferentes e têm opiniões diferentes? Como podem proibir de escolher quem vai cuidar do parque?

Sabe qual era a chance de alguém me obrigar a aceitar algo que era ruim para mim? Zero! Nenhuma! Mas foi aí que eu me lembrei de como eu às vezes era mandão. Eu tinha que reconhecer que poder decidir pelos outros só do meu jeito – sem considerar o que ninguém queria – era uma tentação e tanto. E eu quase fiz isso com minha melhor amiga. Acho que aquela lição ia me servir de algo. Ao menos, tinha ficado bem óbvio que eu precisava aprender a respeitar os outros e decidir as coisas coletivamente, ou seja, junto com quem pensava parecido, mas também respeitando quem pensa diferente. Ninguém gosta de um mandão.

O abu seguiu falando:

— As pessoas, quando lhes roubam seus direitos e deixam de se sentir respeitadas, são capazes dos maiores atos de coragem para conseguirem ter de volta sua liberdade e sua voz. Fazem sacrifícios inacreditáveis. Ser calado à força, ser ignorado, quando você tem uma ideia ou quando quer tentar convencer outra pessoa usando o diálogo, a conversa, é impossível de aguentar. Quando quem está governando não aceita ou tolera sua fala, te ameaçando e impedindo de falar, de participar, todo mundo sai perdendo. Eu fui capaz de muita coisa para garantir o nosso direito de ter eleições, de votar.

A Luana fez aquela cara de interrogação na testa. Eu preferia fingir que sabia de tudo, mas, por outro lado, o que custava eu perguntar sobre aquilo que ninguém estava dando conta direito? Falei então:

— Eleições? Como assim?

O vô então pegou o livro misterioso e, de olhos fechados, abriu na página certinha.

Eleições

Uma **democracia**, para existir, precisa ter eleições. Mas ter eleições é o suficiente para ter uma democracia? Não! Uma democracia de verdade precisa de muitas outras coisas para que seja possível chamá-la assim: tem que ter competição real entre **partidos políticos**, imprensa livre, **direito** de se manifestar, algumas **leis** e regras que limitem o poder de quem governa. Às vezes, **ditaduras** ou governos não democráticos usam eleições de mentira para tapear as pessoas e fingir que, ali, é um país democrático.

Mas, sem eleições, não há como se falar em **democracia**. E o que exatamente são eleições? Eleições são uma forma de escolhermos quem vai tomar decisões por nós sobre os assuntos que são de todos – sobre direitos e os bens públicos e coletivos.

Na nossa vida de hoje, é difícil decidirmos nós mesmos sobre tudo. A maioria das pessoas não tem tempo – tem que cuidar da família, trabalhar, passear... Outras pessoas não têm interesse – tudo bem, ninguém é obrigado a querer se envolver diretamente com coisas que são de todos. E como nossas comunidades são muito complexas, têm muita gente, muitos problemas, muitas coisas para resolver, precisamos de pessoas que estejam dedicadas a cuidar dos problemas coletivos.

Para isso, é importante que tenhamos uma maneira de escolher essas pessoas – de formar aquilo a que damos o nome de **governo**.

Eleições nos permitem votar em quem serão nossos **representantes**, quem vai defender nossos interesses, quando as decisões públicas e coletivas forem tomadas. Nas eleições, nós definimos quem serão as pessoas que vão se dedicar para resolver os problemas de todos. Assim, escolhemos aquelas que pensam parecido com a gente, que conhecemos bem ou que nos convencem de que querem fazer o melhor para todos e todas. Essa escolha é um momento muito importante, mas ela não dura para sempre. De tempos em tempos, votamos para escolher novamente quem vai governar – tomar decisões por nós, de acordo com nossos interesses, mas também pensando no bem de todo mundo.

Em eleições de verdade, temos a opção de escolher como **representantes** pessoas que estão em diferentes **partidos políticos** – com ideologias próprias. Lembra o que contei sobre as **ideologias**?

Cada tipo de representante assume o cargo com uma tarefa diferente.

Em alguns países, existem eleições para o **Poder Executivo: prefeitos, governadores, presidentes** viram, então, responsáveis por fazer as coisas do **governo**. Eles e elas têm uma tarefa muito importante, importantíssima, importantessíssima: fazer políticas para atender às pessoas e resolver os problemas da nossa cidade, do nosso estado, do nosso país.

Mas, na democracia, nós também votamos para o **Poder Legislativo** – o **Congresso** ou o **Parlamento**. Em cada lugar, ele é chamado de um jeito, porém o Poder Legislativo é sempre responsável por fazer as leis. No Brasil, neste poder, os representantes são chamados de **deputados ou deputadas; senadores ou senadoras; vereadoras ou vereadores**.

Existe ainda um terceiro poder, o **Judiciário**, mas as pessoas deste poder não costumam ser eleitas nem no Brasil, nem na maioria dos países do mundo. São os juízes e juízas que trabalham para resolver os desentendimentos que não conseguem ser resolvidos. O **Judiciário** também tem que garantir que os poderes **Legislativo** e **Executivo** estão cumprindo os seus papéis.

Para a **democracia** funcionar, as eleições precisam ser livres, honestas e competitivas. Quem perde precisa respeitar o resultado e quem ganha tem que poder assumir os seus cargos. Quem quer nos representar deve poder competir com outras pessoas para mostrar quais são as melhores propostas. As eleições devem acontecer sempre, a cada época definida: no Brasil, por exemplo, escolhemos a maioria dos nossos representantes a cada quatro anos. As eleições têm que ser limpas, honestas: sem que haja fraudes e erros na contagem dos votos. Por isso, é importante que fique bem combinado entre todo mundo como os votos serão feitos – levantando a mão, usando uma urna – e que todos possam acompanhar a contagem, para ninguém querer roubar!

O melhor de tudo é que, se não gostamos das coisas feitas por nossos **representantes**, podemos, ao fim do período, votar novamente e tentar escolher outras pessoas. As eleições punem os representantes que mandaram mal. Elas ainda têm uma boa pitada de emoção, pois não é possível saber, com certeza, antes da eleição, qual vai ser o resultado. O voto, afinal, é – e precisa ser sempre – secreto! Podemos talvez prever que um político ruim vai perder; mas não necessariamente quem vai ganhar. É essa incerteza que torna as eleições livres, competitivas e honestas.

E precisamos das eleições assim, para que seja possível existir a **democracia**.

O vô interrompeu a leitura do livro assim que acabou aquela página.

A Luana escutava com todos os poros, os ouvidos estavam bem abertos, enquanto o leite dela ia ficando gelado na xícara. O Caco entrou pela porta da cozinha na hora e sentiu que o ar estava mais pesado que em dia de tempestade. Se caísse um grão de arroz no chão, acho que ia fazer barulho. Ninguém piscava.

E foi a Luana, minha amiga fortona, que fez a pergunta difícil que todo mundo queria fazer:

— Vô Osvaldo, mas, afinal, o que aconteceu com você na Argentina?

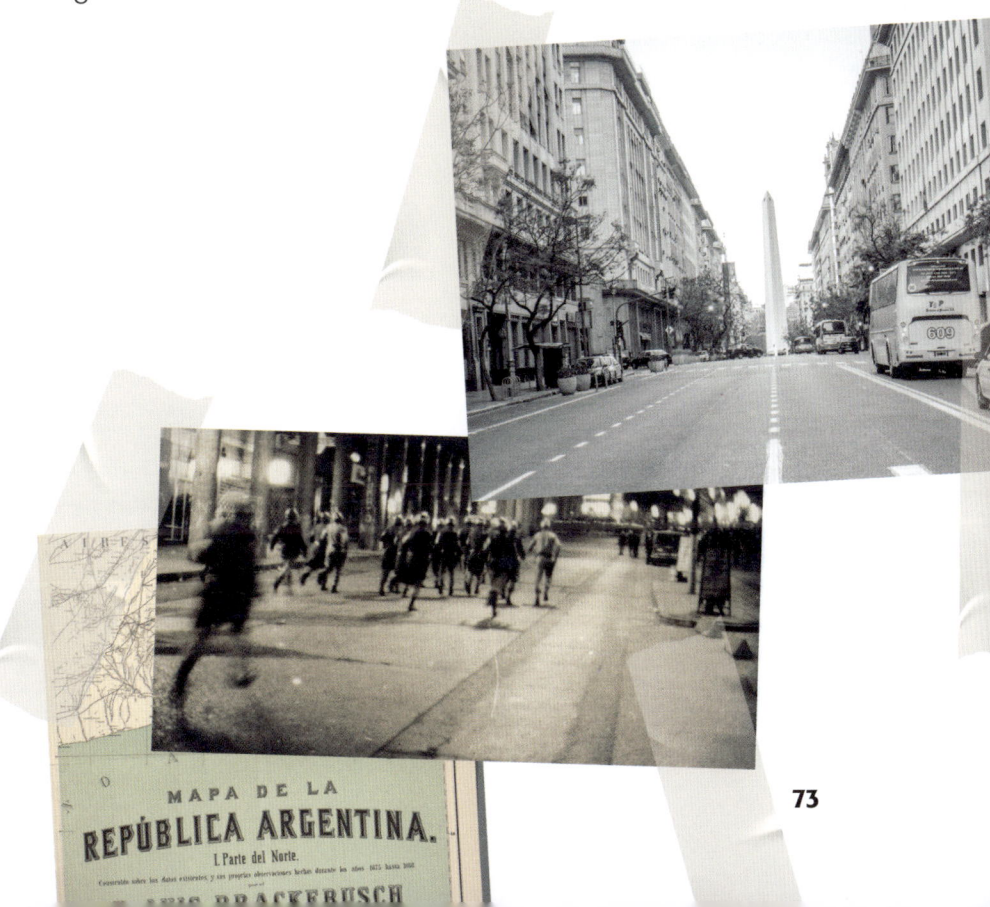

CATORZE

Seria a maior mentira se eu dissesse que não morri de medo da resposta do vô Osvaldo, ou da história que ele poderia me contar quando fiz a pergunta. Mas, poxa, já tínhamos chegado até ali, estávamos aprendendo tanto, eu não ia desistir de desvendar todas aquelas histórias.

Mantendo aquela calma de sempre, o abu apenas disse:

— Luana, deixa eu colocar um pouco mais de café no fogo. Pelo jeito, a conversa do café da manhã só vai terminar no almoço.

Foi então que ele se sentou na ponta da mesa, eu e André ficamos de um lado e o Caco do outro. Ele olhava para frente, enquanto falava quase sem respirar.

— Nós éramos professores em Buenos Aires, a maior cidade da Argentina. Naquela época, nós dois já entendíamos o tamanho do valor da democracia, de que as pessoas pudessem escolher seus governantes e tivessem direitos garantidos. Eu, e muitos outros, sabíamos que ter um governo que não permitia a nossa liberdade era algo que estava muito errado. Um dia, quando eu cheguei em casa, nossa sala estava toda bagunçada. Vocês acreditam que tinham levado os meus livros? A polícia disse que eu só podia ler o que eles achavam certo. A avó do André chorava com medo e eu, vendo que ela já estava com muitos meses de gravidez, achei que precisava fazer algo sem deixar passar nem mais um dia.

O André interrompeu o vô Osvaldo para avisar que a água do café estava quase evaporando na panela. Mas ele só desligou o fogo e seguiu contando, parecia que tinha aberto a caixa da contação de segredo e, nessas horas, ele só termina quando acaba.

— Com outros dois amigos professores, decidimos fazer um protesto com cartazes em que escrevemos como era importante garantir nossos direitos de cidadãos. Vocês lembram que falei sobre isso? Pintamos várias cartolinas com tinta colorida e fomos para as ruas. Mas o nosso protesto, um direito em qualquer democracia, acabou sendo proibido e, no meio da noite, achei que era melhor arrumar as malas e me mudar de país. O Brasil, naquela época, também era uma ditadura, mas, ao menos aqui, ninguém sabia nada da minha vida. A avó do André estava grávida do Martín, tínhamos que garantir que ele nasceria bem, pois, nas ditaduras, nem as crianças estão protegidas. Não teve jeito, tínhamos que fugir da Argentina. Eu vim dirigindo por todo o caminho, parando quando dava, visitando amigos que tinham se mudado antes da gente. Aquela foto foi justamente dessa viagem. Nós tivemos sorte e fizemos esta bela família, mas muitos amigos meus ficaram no meio do caminho.

Desta vez, foi o Caco quem interrompeu:

— Vô Osvaldo, você está chorando?

Sem olhar para o lado, ele disse umas coisas tão bonitas, que não vou esquecer nunca mais:

— Pessoas que lutam por seus direitos, para serem respeitadas e ouvidas, são elas grandes heroínas. Eu conheci alguns desses heróis. Aliás, conheci muitos... e muitas. Éramos grandes amigos, como vocês, da Sociedade dos Cantadores de Cartola.

QUINZE

Fiquei pensando nessa história de herói. Heróis para mim têm superpoderes – voam sem ter asas, desaparecem sem ter corpo, correm mais rápido que os corredores das Olimpíadas. Alguns parecem uma flecha. Será que os heróis do abu são desse mesmo tipo?

Conversa vai, conversa vem, acabei ficando com a barriga cheia de tanto comer naquele café enquanto ouvíamos as aventuras do abu. Acho que ele estava gostando do papo e de, finalmente, falar de tempos tão difíceis, mas tão importantes na vida dele. Por algum motivo, lá pelas tantas, acabamos mudando de assunto, acho que foi porque a comida estava tão boa e porque o André e eu passamos a pensar em heróis, mesmo sem falar nada um por outro naquela hora.

O Caco já tinha saído da mesa e não parava de falar que a gente precisava ver uma galinha que estava vivendo no meio dos marrecos. Saímos deixando para trás o vô com seus pensamentos, nosso livro e a foto.

Nada disso aconteceu por esquecimento: a verdade é que ali, simplesmente, não havia mais segredo. Tudo podia ficar aberto, livre e sem preocupação. É tão bom não ter segredos! Aquele livro devia mesmo ser mágico. Quantas coisas eu estava aprendendo só naqueles dias. Umas delas era que segredos dão uma canseira.

Fora de casa, o céu estava bem azul, mesmo fazendo frio.

— Luana, você não acha que na roça sempre parece fazer mais frio? — o André me perguntou.

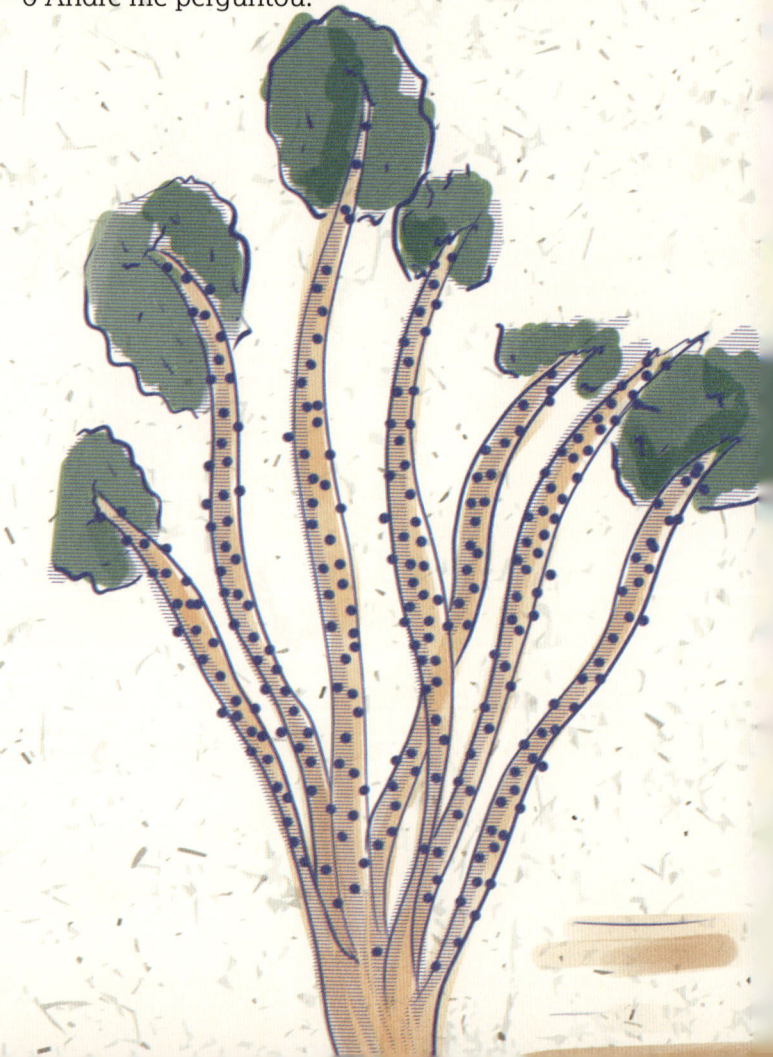

— É verdade, você está certo — respondi.

Ele tomou um susto comigo concordando assim, sem nem discutir desta vez, e riu:

— Eu sempre tô certo.

Aí foi minha vez de rir da bobagem dele.

— Até parece.

Eu era tão amiga dele, e ele era tão meu amigo, que ninguém precisava dizer que o já sabia: nossa amizade tinha ganhado, naquela mesa da cozinha, mais uma história para toda a vida. Era muito assunto para conversar e história para contar quando a gente voltasse às aulas no Colégio República.

De longe, o Caco voltou a gritar para ver a galinha tentando se entender com os marrecos. Além de músico, tinha mania de bicho. Enquanto a gente andava pelo quintal, olhava as árvores e suas frutas. Tinha mangueira, abacateiro e uma jabuticabeira esperando outubro chegar. O abacateiro é perigoso. Às vezes, cai um abacatão desses enormes lá de cima e explode no chão, como uma bomba. O pé de jabuticaba é bom de subir, mesmo para uma menina da cidade como eu, pois os galhos são bem fáceis de escalar. Fiquei pensando como a vida tem sempre tanta surpresa e coisa para aprender.

Claro, a minha cabeça ainda estava girando em torno de todas as histórias do livro e de como ele nasceu. Não conseguia parar de pensar, essa era a verdade. A galinha ia ficar para depois.

— Vamos voltar para dentro? — convidou o André. Tá difícil achar outra coisa para fazer. Como pode um livro tomar tanto conta da minha cabeça? E aquilo que o abu falou, sobre o que será? Quem são esses heróis?

Sem que eu respondesse, o André emendou:

— Será que o abu escreveu esse livro para nós também?

DEZESSEIS

Era preciso esclarecer esse enigma. Corremos para casa tão rápido como se a gente também fosse super-herói e super-heroína.

Quando o abu se deu conta, já estávamos, de novo, do seu lado, esbaforidos e sem ar.

O abu rapidamente providenciou os copos e uma jarra de água e fomos os dois para o lado dele na rede da varanda. Enquanto a gente balançava, batia um vento frio no rosto que congelou a ponta do meu nariz. Era gostoso ficar ali, e ainda tinha mais coisa para saber.

A Luana, que não economiza nas palavras quando está curiosa, foi logo falando intrigada:

— Vô, quem eram os heróis de quem você falava?

O abu riu alto daquilo, acho que ele gostou de ouvir desse assunto.

— Linda menina, você sempre faz perguntas tão sabidas. Pois saiba que os heróis são pessoas normais, como eu ou você, mas que fazem atos grandiosos, maiores que elas mesmas. São pessoas que protestam diante de injustiças. Elas correm risco de perder coisas importantes para si mesmas porque querem fazer o bem para todos. Heroísmo é generosidade. Além disso, se levantar contra quem é cruel e mandão não é fácil. Exige coragem.

Pronto, agora já sabia: o superpoder dos que lutam por direitos é a coragem. Eu pensei isso, mas não tive a coragem de falar porque fiquei com vergonha.

Como faço nessas horas, emendei com outra pergunta:

— Abu, mas por que você decidiu escrever esse livro?

— No princípio, eu queria só deixar algumas palavras para meu filho, o seu pai. Não para obrigá-lo a acreditar no que eu acreditava, mas para compartilhar com ele ideias bonitas sobre viver neste mundo, respeitando e sendo respeitado. Lemos juntos uma vez só e, tanto tempo depois, não achava que ia acabar na mão de vocês. É que, quando a gente escreve um livro, ele deixa de ser nosso e passa a ser de quem lê.

E não é que era mesmo verdade? Primeiro meu pai leu, quando era da nossa idade e, depois de muito tempo, lá estávamos nós também conversando sobre as mesmas coisas.

O vô parou para um gole de água e mais uma daquelas respiradas bem profundas.

— Mesmo quando tudo parecia ter mudado, algumas coisas teimosas sempre resistem e não nos abandonam. Por isso, vai ser sempre importante falar de política.

Quando ele veio com essa palavra, eu quase caí para trás. Mas, então, era disso que estávamos falando esse tempo todo? No jornal da televisão, nas conversas cheias de raiva de alguns adultos, a política parece sempre uma coisa ruim, chata, de gente que rouba e é corrupta. Na fala do abu e no livro, não parecia isso. Ele falava de algo fundamental na nossa vida, que não podemos considerar ruim apenas porque alguns maus representantes decidem se apropriar do que é de todos em benefício apenas deles mesmos.

— A política, meus amores, é necessária e apaixonante; lidamos com ela todos os dias e horas das nossas vidas, afinal vivemos numa sociedade. Ela ajuda a proteger nossos direitos mais fundamentais: de pensar, falar e agir. De sermos livres e diferentes, mas de sermos tratados como iguais. Ela fala de como, juntos, podemos escolher as regras que obedeceremos e como podemos, com elas, garantir que as pessoas tenham, igualmente, acesso a algumas coisas essenciais, como educação e moradia.

— Abu, mas como a gente, que não é super-herói, pode fazer isso?

— Mmm... Acho que este livro já vai dar umas boas pistas.

DEZESSETE

Essas coisas que o livro e o abu contavam para a gente na varanda faziam daqueles dias muito maravilhosos.

O vô falava de assuntos que parecem difíceis, mas eu entendia. Nunca tinha pensado desse jeito, mas via agora que era importante e tinha lá um jeito bonito. Eu gostava de viver com meus amigos. Eu já tinha sentido como era bom fazer coisas junto com eles. Mas agora eu sabia que não era só eu; que muita gente já tinha sentido isso também. Quem me dera ter uma máquina do tempo para sempre lembrar às pessoas que mandam que é bem melhor usar a política que a guerra.

— Essas palavras que eu escolhi para fazer o livro nos ajudam a entender como as pessoas se organizam, quais são as coisas de que elas não podem abrir mão e, mais importante, como devem sempre respeitar e defender as leis, as regras, que servem, ao mesmo tempo, para nos proteger e nos deixar livres. Desse jeito, elas não podem servir para favorecer só algumas pessoas; ou para dar mais a uns e menos a outros.

— Mas regra é uma coisa muito chata, abu. Tenho certeza de que a Luana concorda comigo. Eu, às vezes, tenho que fazer o que não quero, como ir dormir cedo para ir à escola.

— Sim, é verdade. Tem regras que nos deixam aborrecidos quando pensamos só no agora e em nós mesmos. Mas elas costumam existir por alguma razão e podem ser boas para nós no futuro, assim como para todos, para a sociedade. Dormir cedo, por exemplo, parece chato, mas quando você não dorme bem, o outro dia pode ser bem ruim, não é mesmo?

— É mesmo! Eu sempre fico com dor de cabeça quando não durmo cedo.

— Pois então, as regras têm que ter um porquê, devem ser decididas juntas em nome do que chamam de bem comum. Ninguém aguenta ser mandado o tempo todo, sem que essa regra faça qualquer sentido.

Eu ainda tinha uma coleção de perguntas para fazer. Eram tantas as minhas dúvidas, ainda mais agora que estava aprendendo sobre histórias da minha própria vida que nunca tinha entendido bem.

A Luana fez, então, aquela cara de é a minha vez de fazer perguntas.

Percebendo tudo o que estava acontecendo, o abu, já cansado de tanta conversa, preferiu parar por ali:

— Menina e menino, por que vocês não vão lá com o Caco ver essa tal galinha que está no bando dos marrecos? Deve ser engraçado ver como eles estão fazendo para conviver no mesmo terreiro.

Em cima da mesa, o vento frio fez com que as páginas do livro começassem a voar. Fiquei pensando qual seria a próxima palavra para descobrir. Ainda existiam muitas ali dentro para conhecer. Quem sabe, um dia, não íamos ser heróis também? Participar e lutar pela tal democracia?

Foi então que a Luana, com aquela mania de dar ordem que eu sempre obedecia, pegou a minha mão e me puxou para o lado dela. Quando isso acontecia, eu já sabia: ela ia pedir algo e minha resposta ia ser sim. Mas, desta vez, ela tinha um convite irresistível.

— Ei, André, será que você aceita ler mais umas palavras do dicionário comigo? A gente pode ler até tarde, ver as fotos e conversar, enquanto toma suco de goiaba e come *medialuna* com doce de leite. Vamos?

— Mas, Luana, por que não vamos subir o morro, brincar no quintal?

— É que ainda tem uma pergunta sem resposta... Sobre a minha mãe. Eu preciso entender, e é muito importante para mim: de onde vem essa tal de crise?

Sem esperar nem um segundo, o danado do livro fez lá sua mágica e pronto: trouxe mais um monte de palavras.

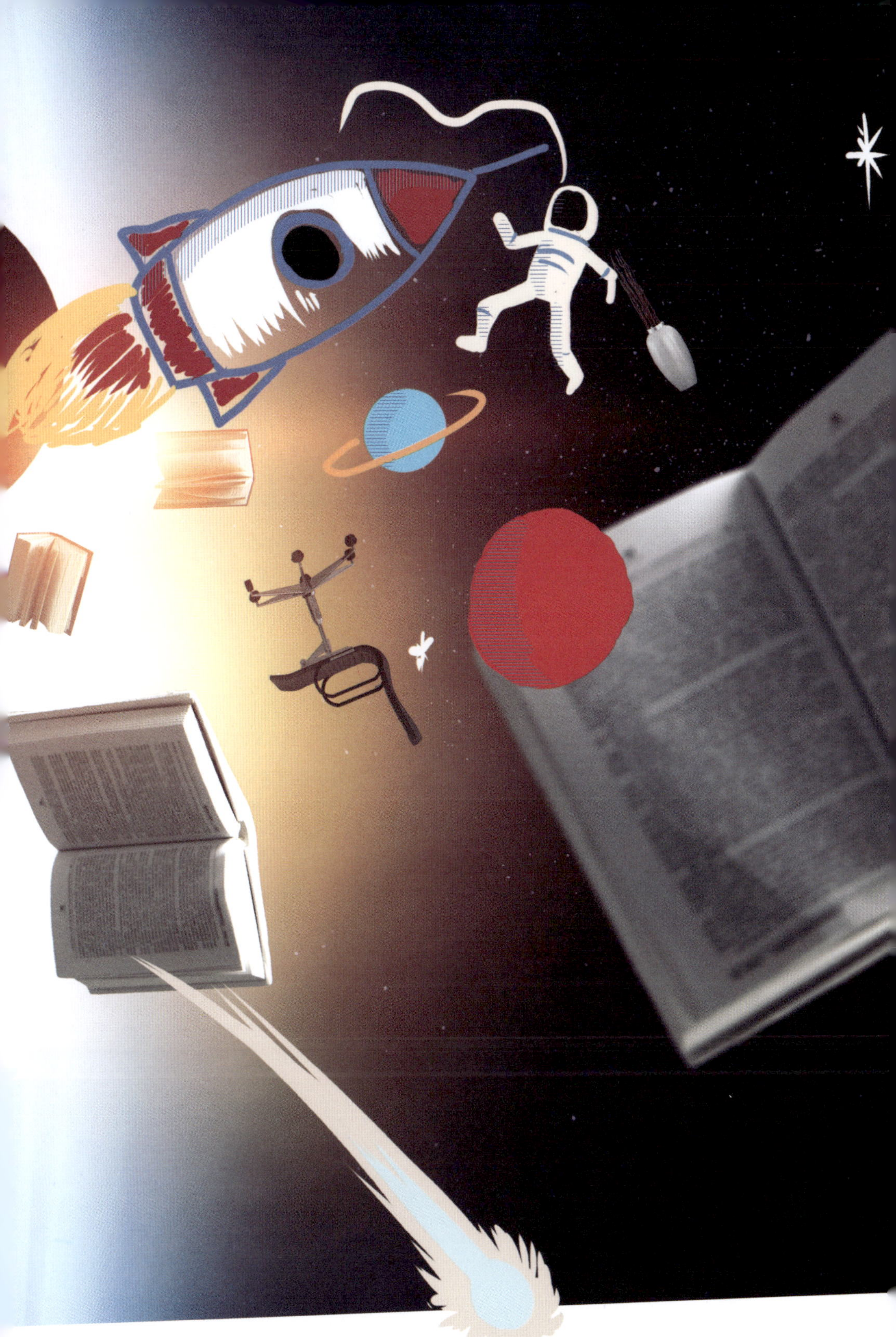

Crise

Sabe aquele momento em que tudo dá errado? Uma amiga cai e rala o joelho e começa a gritar. De repente, vem uma ventania e joga areia que entra dentro do olho de todo mundo. Um amigo acha que o outro está roubando na brincadeira e vem uma e reclama que é injustiça. Sabe quando isso acontece? Uma crise política é mais ou menos assim. É quando todo mundo discorda, resolve descumprir as regras mais básicas do jogo e acaba fazendo uma confusão danada porque, afinal, se a gente não se entende nas mínimas coisas, como vai se entender nas grandes?

Agora, imagina se essas discordâncias forem sobre como escolher as pessoas que nos governam? Ou sobre para onde vai o dinheiro que os **governos** têm para gastar com as escolas e os hospitais?

Quando essas crises vão aumentando, e as pessoas não sabem mesmo como solucionar, problemas ainda maiores acontecem, e o risco de aparecerem **governantes** que querem mandar sem ouvir a **sociedade civil** e sem serem democráticos, fica enorme. Normalmente, eles dizem que estão mandando desse jeito por culpa da bagunça, mas, no fundo, eles só querem mesmo é mandar sem ouvir ninguém.

Quando a crise é econômica, ela também causa muita crise política, porque as pessoas e os governos ficam sem dinheiro. Muitas vezes, isso acontece quando os preços aumentam demais – e a gente chama de **inflação** – ou quando muita gente fica sem ter onde trabalhar – que é o **desemprego**. Quando enfrentamos uma crise econômica, a **pobreza** aumenta, assim como a **desigualdade**: muitas pessoas ficam pobres e poucas permanecem ricas. O que não é justo para o coletivo, nem nada bom para um país.

As crises – sejam elas políticas ou econômicas – passam, assim como os dias de chuvas fortes, as curvas na serra que deixam a gente enjoada ou a turbulência nos voos de avião, mas, antes de passar, elas deixam a gente com medo e podem fazer um estrago enorme.

DEZOITO

O André me deu um abraço de urso, o mais forte que ele conseguia apertando aquela mãozinha pequena, muito menor que a minha. Estava explicado; era isso então: estávamos no meio de uma crise, e a minha mãe estava sendo levada pelo vendaval.

Fiquei pensando sobre as outras vezes que tinha escutado, sem entender, falarem de crises nos últimos tempos, uns assuntos que eram menos comuns na época do pai do André: crise de violência, crise do meio ambiente, crises de imigração, eram muitas as crises. O Brasil e o mundo parecem estar mesmo passando por uns tempos agitados e difíceis.

Mas agora, já sabendo o que era crise, ficava mais fácil entender todas as outras que, normalmente – e infelizmente –, andam meio juntas. Crise era quando uma coisa muito grave acontecia, chacoalhando tudo como a gente conhecia, sem deixar pedra sobre pedra: espalhava folha, espalhava telha, trazia tristeza e medo, mas, no final, algum caminho novo era encontrado.

Como eu queria falar com a minha mãe naquela hora, como eu queria ajudar. Ela ficaria orgulhosa de tudo que eu estava conseguindo aprender.

— Com-pre-en-der, Luana, é assim que se fala, é assim que o vô ensinou — o Caco disse com voz empolada, fingindo que sabia de tudo. — Às vezes, Luana, entender só é pouco, a gente precisa com-pre-en-der — repetiu, como se estivesse com um ovo na boca, com sotaque de inglês.

O Caco tinha vindo correndo de longe para me dar um abraço também, carregando com ele um saco de goiabas tiradas do pé e dando lição sobre a compreensão.

— Quer uma também, Luana?

Sentamos os três no chão da varanda e desandamos a comer – tirando com a unha os bichos que moravam dentro das frutas. Enquanto isso, íamos passando cada página do livro com todo cuidado, para não lambuzar. Perdida, ali no meio, estava a foto dos pais do André. O abu, de longe, viu quando ela caiu.

Foi a chance de o Caco perguntar.

— Abu, e sobre essa foto, o senhor não vai falar nada?

— Ah, meu filho, o dia hoje já foi muito longo. Prometo contar logo. Aproveitem as galinhas, os marrecos, as goiabas, a Sociedade dos Cantadores e as páginas que ainda faltam do livro. As férias terminam depois de amanhã e sua viagem de volta para casa será longa.

DEZENOVE

Pois esta era a triste notícia: a viagem do sítio estava prestes a acabar. Eu não queria que isso acontecesse. Desde que meus pais tinham ido morar em outro país e não tinham mais voltado, o que já fazia um tempinho, esses tinham sido os dias mais legais de todos da minha vida inteira. Não era só por causa do livro, mas também porque a gente subiu morro, plantou árvore, comeu *medialuna* e o vô estava feliz.

Meus pais eram ativistas — assim meu avô explicou. Ativista é quem luta por uma causa, e a causa preferida, o motivo, do meu pai era defender as baleias. Ele sabia tudo de todas elas — cachalotes, jubartes, azuis e orcas (a minha preferida) — e vivia a vida dele dedicado a garantir que as baleias pudessem viver a delas. Minha mãe era uma defensora dos corais e dos oceanos. Eles sempre diziam que, só assim, poderíamos garantir um bom futuro para todas as pessoas. Por causa desse trabalho, eles foram passar uns meses do outro lado do mundo, mas nunca mais tinham voltado.

Enquanto eu lembrava disso tudo, meu avô me chamou:
— André, acho que tem uma história que eu te devo, e que este livro não vai te contar. Pelo menos não com alguns detalhes.

E assim foi que o abu, fazendo cafuné no meu cabelo, contou que meu pai e minha mãe tinham sido presos quando protestavam justamente em nome das cachalotes, jubartes e orcas. Por isso, estavam longe dele e de mim, e sem comunicação. Fiquei lembrando das ditaduras e dos governos que prendem quem pensa diferente. Agora este dicionário era ainda mais a minha história.

Vendo que eu olhava lá longe, meio perdido e sem ter o que dizer, o abu veio me animar:
— Vamos, André. Tem mais o que conhecer aqui. Se não me falha a memória, acho que tem uma página que explica melhor isso tudo. Vamos ler? Vai te ajudar a, como diz o Caco, com-pre-en-der.

Participação política

Há muitos jeitos de se fazer política, de se envolver com a discussão de coisas públicas – aquelas que são de todos. Participar da política é achar uma forma de falar suas ideias de uma maneira que te escutem; de influenciar nas decisões que são tomadas. Isso pode ser feito tanto individualmente, quanto coletivamente. Vamos falar de alguns modos de participar em uma democracia?

Uma das formas é ir votar nas **eleições**, como já escrevi antes. Nas eleições, escolhemos **representantes**, mas também podemos integrar os **partidos**, sermos candidatos ou candidatas ou fazer campanhas para outras pessoas. Se as pessoas que escolhemos, as **representantes**, forem mal e vivermos em uma **democracia**, podemos tirar esses políticos de lá na eleição seguinte. Em uma **ditadura**, é quase impossível fazer isso. Na verdade, a participação política em uma ditadura é muito arriscada e perigosa, porque o ditador não quer que as pessoas que pensam diferente delE (importante: quase todos os ditadores foram homens) o ameacem. Mas já chegamos a isso.

Outro jeito de participarmos politicamente de forma individual, por exemplo, é quando escolhemos não comprar um produto – um brinquedo, uma roupa – porque sabemos que a empresa que faz esse brinquedo maltrata seus funcionários ou não respeita a natureza. Podemos também fazer um abaixo-assinado, apoiando uma ideia ou manifestando que somos contra algo. A **democracia** permite isso tudo, e ela só existe quando podemos participar.

Quando estamos falando de participação coletiva, existem muitas maneiras de fazer isso, além de estar em um partido. Podemos integrar uma organização da **sociedade civil**, **movimentos sociais** ou **comitês** que defendam um tema ou uma ideia. Cada dia, surgem grupos que lutam para preservar a natureza, salvar os animais, ajudar pessoas que precisam, realizar estudos e pesquisas para a sociedade, aumentar o controle sobre como os políticos trabalham. Enfim, tem organizações e coletivos que permitem a participação sobre quase todos os temas! Há também aqueles grupos de pessoas no trabalho, como os **sindicatos**, que lutam pelos trabalhadores. Neles, nós podemos também nos engajar e participar.

Os protestos ou manifestações são outra forma de participação política. Eles acontecem quando as pessoas se juntam para ir para a rua para mostrar para todo mundo que não estão felizes com alguma decisão tomada e para pedir mudanças aos políticos. As pessoas podem tanto participar nos protestos, quanto organizar esses atos, convidando muita gente para ir para a rua, levando faixas e bandeiras. Numa **ditadura**, que proíbe os protestos, é preciso, então, se ter muita coragem para ir para a rua. Já numa democracia, participar de manifestações é um direito: ninguém tira. Muitas vezes, elas existem mesmo para fazer com que um direito – algo que a lei nos garante – seja respeitado. Participar e lutar por nossos direitos é muito bom para a **democracia**, por isso os ditadores morrem de medo.

— Entendi, vô, entendi tudo — eu falei.

Fiquei pensando como as pessoas dos tempos de hoje participavam da política. Aí me lembrei de como nossa professora tinha contado de uma campanha na internet, que muitos estudantes fizeram, para que não jogassem lixo nos rios.

Pelo visto, também era possível participar assim, encontrando pessoas que pensam parecido online, nas redes sociais. Podemos postar nossas ideias e propostas no Facebook, Instagram, TikTok, Twitter, WhatsApp! As mídias sociais — essas que nos deixam conversar com amigos e pessoas diferentes — dão essa chance: de lutar por nossos direitos e transmitir nossas ideias para todo mundo.

Quando eu terminava de fazer meu discurso, compreendendo aquele assunto todo, de repente, uma buzina desandou a tocar, enquanto um carro ia se aproximando do portão. O som ficava cada vez mais alto e, sem entender nadica de nada do que estava acontecendo, saímos todos em direção à entrada para ver quem poderia ser aquela pessoa maluca — ou talvez só muito animada — que chegava no nosso penúltimo dia de férias.

Biiiiip-bipbipbip, biiiiip-bipbipbip fazia o carro. Lá no fundinho da minha memória, aquele som lembrava o jeito de alguém que conhecia muito bem.

Fiquei paralisado.

— Luana, eu não tô acreditando no que eu estou ouvindo.

Meu avô me enlaçou os ombros.

— Luana, eu não tô mesmo acreditando no que eu estou ouvindo!

— Fala, André, já não está bom de mistério?

— Luana, essa buzina, quem sabe fazer... Luana, é o meu pai.

VINTE

Claro que o André não tinha mais a menor condição de terminar essa história, então eu conto para vocês o que aconteceu: como nos filmes, eles se abraçaram de saudade. E o André se atropelou contando das férias e falando da nossa amizade, como era bom de-mais-da-con-ta ser meu amigo e ler e compreender as coisas. Contou da Sociedade dos Cantadores de Cartola e de como o primo Caco sabia tudo das goiabas, dos bichos de goiaba, da música e dos marrecos. De como a chuva quase destruiu as fotos e de como, trabalhando e decidindo juntos, conseguimos fazer tudo ficar mais bonito, e divertido também.

E falou do vô Osvaldo, e de como ele era um herói, porque lutou pela democracia.

Acho que eu nunca vi o André tão feliz! Nem quando ganhou o campeonato de queimada. Naquela hora, meu coração batia com o dele, rápido como um tambor de carnaval. Eu mandei de longe um sorriso e disse só mexendo a boca, sem sair som:

— Ei, tamo junto.

Foi aí que o Martín completou:

— Eu também. Todos nós, agora, estamos juntos, conversando. É assim que começam os diálogos, que constroem um país e um mundo melhor.

O vô Osvaldo, o Caco, eu e o André ficamos todos bem perto. Com o livro nas mãos, o Martín escolheu uma página de olhos fechados. Era a mesma onde tínhamos parado.

— Vamos lá! As férias acabam amanhã e vi que vocês já estão sabendo um tanto de coisa, mas tenho certeza de que vão adorar o que ainda vem. E vão ter um monte de novidades para contar na segunda-feira, quando a aula voltar no Colégio República.

E AINDA TÊM MAIS

Congresso

Lembra quando eu falei dos **Três Poderes**? Do **Executivo**, do **Legislativo** e do **Judiciário**? Pois bem: o Congresso Nacional é o Poder Legislativo no Brasil. Em alguns outros países, há quem o chame de **Parlamento**. Mas, em todos os casos, é a organização que tem como sua grande missão propor e aprovar as leis, que são as regras que regem a vida de todos nós que vivemos em uma sociedade.

São justamente elas – as **leis** ou regras – que nos permitem viver, com alguma paz, uns com os outros. Elas estabelecem o que é certo e o que é errado, o que é um comportamento aceitável ou inaceitável e definem punições para quem fizer algo considerado errado ou inaceitável para a maioria dos legisladores. Também protegem as pessoas de injustiças e da violência ao definir uma série de **direitos**, tanto individuais como coletivos. As regras mais importantes do nosso país estão escritas na **Constituição**.

Para que as coisas sejam um pouco organizadas, é importante que o governo, ou seja, o tal do **Poder Executivo** consiga entrar em acordo com, pelo menos, a maioria do **Poder Legislativo**. Por exemplo, imagine se a diretora da sua escola nunca concordasse com a professora sobre se pode – ou não – jogar queimada na hora do recreio. Não ia funcionar, não é mesmo? Para poder ajudar os alunos da escola ou a população, é melhor que se entendam.

Para tomar as decisões, o Congresso faz votações sobre aqueles projetos que podem virar lei. Para entender essa parte, é importante que você lembre que nele estão as pessoas dos diversos **partidos** que venceram eleições, cada um com uma **ideologia** diferente, por isso, nem sempre se entendem. Quando é assim, vence a ideia que a maioria dos **deputados**, **deputadas** e **senadores**, **senadoras** defende.

Esses acordos entre os poderes **Executivo** e **Legislativo** acontecem com mais facilidade quando o presidente consegue convencer alguns partidos e parlamentares a concordarem com ele. O nome que se dá a essa grande aliança é **coalizão**. É justamente ela que permite aos presidentes e presidentas eleitos condições de governar. Isso é ainda mais importante em países como o Brasil, que têm muuuuitos partidos políticos, o que chamamos de **multipartidarismo**.

Além de fazer leis, o Congresso também fica de olho bem aberto no que o **Poder Executivo** anda fazendo. É um trabalho fundamental, pois permite que todos nós tenhamos mais informações e possamos, assim, avaliar melhor o que os nossos representantes estão decidindo.

Desigualdade

Junto a **ditadura**, esta é a palavra mais feia que este dicionário contém. De cara, você pode até pensar: mas quem quer ser igual? Muitas vezes, quando estamos falando de desigualdade, estamos falando de desigualdade de renda, que é quando algumas pessoas têm muito – muito mesmo – mais coisas que as outras, sejam elas roupas, brinquedos, mas também a chance de estudar numa boa escola, de ter uma casa bonita, com banheiro e quintal. Porém, além dessa desigualdade, existem muitos outros tipos de desigualdade, como a **desigualdade racial**, que indica diferentes direitos e oportunidades para algumas pessoas apenas porque elas têm uma determinada raça. No Brasil, pessoas negras costumam ter menos chances que pessoas brancas. O mesmo acontece quando falamos da **desigualdade entre homens e mulheres**. Você sabia que, na maioria das profissões, os homens recebem um pagamento maior mesmo quando fazem o mesmo trabalho que as mulheres?

Não há dúvida: as pessoas nascem diferentes, em lugares diferentes, de famílias diferentes, mas o problema é que isso acaba determinando, ao longo de suas vidas, que elas vão ter mais ou menos direitos e oportunidades. Isso vira desigualdade.

Você acha justo que algumas pessoas possam voar em helicópteros e morar em mansões enquanto outras não conseguem ter dinheiro nem para comer? Pois é com isso que devemos nos preocupar: que num país rico como o Brasil nem todo mundo tenha dinheiro para pagar um prato de comida, o que deveria ser direito de todos.

A desigualdade social é um problema enorme em muitos países, mas é bem grave no Brasil, um dos mais desiguais do mundo. Além disso, essa desigualdade também significa que as pessoas têm menos direitos, até mesmo políticos. Aqueles que têm menos dinheiro, menos coisas, muitas vezes são também pouco ouvidos pelos **políticos** e não conseguem fazer com que prestem atenção nas suas necessidades. Quanto mais desigual é um país, mais difícil é de mudar essa situação, por isso, é preciso que **governantes** eleitos façam **políticas públicas** para todas e todos; principalmente, para quem mais precisa.

Entre essas ações, está garantir vagas em boas escolas públicas, o atendimento de saúde gratuito, incluindo as vacinas que você toma quase todo ano e que evitam várias doenças. Para diminuir a desigualdade e tornar as pessoas menos vulneráveis, muitas vezes, os **governos** entendem que é preciso distribuir dinheiro mesmo, para que crianças como você possam ter o que comer.

Já reparou que na sua cidade existem bairros onde só moram pessoas ricas, com casas bem pintadas e ruas cheias de árvores, com direito a pracinha e balanço? E outras áreas onde não tem postes de luz nem esgoto, e as pessoas acabam morando em casas de madeira, que enchem de água quando chove? Isso é um retrato da desigualdade na nossa **sociedade**. Ela é bem visível. Não dá para ignorar.

Imaginemos: se você morasse numa casa sem banheiro, tivesse que tomar três ônibus para chegar à escola e a barriga estivesse roncando por não ter o que comer, como conseguiria prestar atenção na aula e ser um bom aluno?

Sustentabilidade

A maioria das ideias que estão neste dicionário continuam cheias de energia, mas, na verdade, já são bem velhinhas. **Democracia**, por exemplo, completou muito mais de dois mil anos de existência. Mas tem uma das palavras difíceis que surgiu faz bem menos tempo e já tomou ares de importância: ela é sustentabilidade, que nasceu em 1987 e ganhou o mundo em 1992, com a realização da Rio 92, conhecida na época como Eco 92, um encontro de pessoas de todo mundo que aconteceu aqui mesmo no Brasil.

Imagine o seguinte: a natureza produz um monte de recursos de que precisamos para viver, por exemplo, aquela sardinha deliciosa que você gosta de comer frita no almoço. Porém, com tantos bilhões de gentes morando no planeta, já calculou quanto peixe esse povo todo come? Será que é possível sobrar alguma coisa para todo mundo que nascer depois da gente?

Numa frase bonita, assim dizem: o desenvolvimento sustentável é quando as necessidades das pessoas do presente não prejudicam a capacidade das pessoas do futuro de também conseguirem atender as suas próprias necessidades. Ou seja, a sustentabilidade está preocupada que sua tataraneta também possa comer a deliciosa sardinha frita. Ou seja, nós temos que saber consumir de forma controlada, sem comprar tudo que vemos pela frente, para garantir que a vida no Planeta Terra ainda dure muitos anos.

O jeito como a gente vive hoje pode mudar como as pessoas vão viver no futuro: se derrubarmos a maioria das árvores, como vai dar tempo para outras árvores nascerem, crescerem e garantirem a conservação da biodiversidade do planeta?

A sustentabilidade tenta garantir a sobrevivência dos nossos recursos naturais, respeitando os seres humanos: ela se preocupa com a **economia**, a **sociedade** e o **meio ambiente**.

Eu sei: agora você deve estar se perguntando o que tudo isso tem a ver com a **política**? Até bem pouco tempo, muita gente pensava que a ecologia era outro assunto, porém, como ficou bem evidente para todo mundo, sem um planeta, sem água limpa, sem ar puro, vai ser impossível viver. Por isso, as **sociedades** vêm se organizando para que os **representantes** tomem **decisões políticas** para ajudar a garantir o desenvolvimento com sustentabilidade... e responsabilidade.

Eu sou a **Débora** e a primeira vez que ouvi a palavra "política" foi também a primeira vez que vi meu pai chorar de emoção. Era o Comício das Diretas Já, e, na frente da televisão, ele celebrava a volta da democracia. Eu era bem pequena, mas ali entendi que a política era uma parte muito importante das nossas vidas. Na época, eu morava em São Paulo, onde nasci. Depois, acabei me mudando para um monte de lugares, estudei jornalismo e ciência política, virei ativista, participei de passeata, tive um filho e uma filha e comecei a escrever livros para crianças; entre eles, estão *50 Brasileiras Incríveis para conhecer antes de crescer*, finalista do Prêmio Jabuti, e *O Tempo das Cores*. Além de amar ler mais que tudo, gosto de tomar banho de mar, dançar, responder perguntas e viajar para qualquer lugar.

Meu nome é **Lucio** e sou professor de ciência política da Universidade de Brasília. Já escrevi vários livros, mas este é o meu primeiro para crianças. Gosto de política desde sempre, principalmente das eleições. Quando eu era menino, aconteceram muitas coisas importantes no Brasil, como a eleição para o Congresso Constituinte, a criação da Constituição de 1988 e as primeiras eleições para presidente depois de anos de ditadura... Tudo era muito novo e empolgante! As pessoas queriam participar e contribuir, então iam às ruas pedir mais democracia. Olhando tudo aquilo, quis entender melhor aquele sentimento. Além da política, também gosto de jogar bola e tenho certeza de que o Flamengo é o melhor time do mundo. Adoro escalar pedras altas e baixas e viajar: conhecer coisas novas é sempre muito bom.

Copyright © Débora Thomé e Lucio Rennó, 2022
Todos os direitos reservados à Editora Jandaíra e protegidos pela Lei 9.610, de 19.2.1998.
É proibida a reprodução total ou parcial sem a expressa anuência da editora.

Este livro foi revisado segundo o Novo Acordo Ortográfico da Língua Portuguesa e impresso em setembro de 2002 pela Edições Loyola.

Direção Editorial **Lizandra Magon de Almeida**
Assistência editorial **Maria Ferreira**
Revisão **Equipe Jandaíra**
Projeto gráfico, diagramação e capa **dorotéia design**
Ilustrações **Jack Azulita**
Créditos das imagens: Folha de rosto, 20, 26, 40, 44, 63: Freepik.com; P. 7, 14, 23, 42, 53, 75: Wikimedia Commons; P. 11, 18, 94: Debora Thomé; P. 12: Jonas Jacobsson (Unsplash); P. 20: Freepik.com; P. 25: Coleção da autora; P. 28: Gustavo Leighton (Unsplash); P. 30: Gabriel (Unsplash); P. 31: Domínio público; P. 39: Thiebaud Faix (Unsplash); P. 40: Freepik.com; P. 45: Jared Ng (Unsplash); P. 49: Matthew Harris (Unsplash); P. 54: Freepik.com; P. 55: Basta ya (Freepik.com), Mulheres na luta (Ana Feijão), Deus ama todas as pessoas (Debora Thomé); P. 56, 66: Archivo Hasenberg-Quaretti (Mães da Praça de Mayo, Buenos Aires); P. 60: Kai Pilger (Pixabay); P. 66: Arquivo Público do Distrito Federal (tanques em Brasília); P. 67: Arquivo Nacional (estudantes detidos em manifestação) e Charles Burnett (queima de livros na Argentina); P. 72: Tribunal Superior Eleitoral; P. 73: Béria Lima de Rodríguez (Wikimedia Commons) e Arquivo Nacional (manifestação estudantil); P. 83: Francisco Andreotti (Unsplash); P. 84: Koshu Kunii (Unsplash); P. 89: Serg Nivens (Unsplash); P. 91: John Moeses Bauan (Unsplash); P. 95: Jan Michael Ihl (Wikimedia Commons); P. 99: Luca M (Unsplash); P. 107: Elyse Chia (Unsplash); P. 109: Ivars Utināns (Unsplash); P. 110: Paulo Pinto e Lula Marques (Agência PT).

Maria Helena Ferreira Xavier da Silva/ Bibliotecária – CRB-7/5688

T465d	Thomé, Débora Dicionário fácil das coisas difíceis / Débora Thomé , Lucio Rennó. – São Paulo : Jandaíra, 2022. 112 p. : il. ; 21 cm. ISBN 978-65-5094-020-1 1. Literatura. 2. Literatura – Infantojuvenil. 3. Histórias – Infantojuvenis. I. Título.
	CDD 808.899282

Número de Controle: 00049

jandaíra Rua Vergueiro, 2087 · cj 306 · 04101 000 · São Paulo · SP
editorajandaira.com.br
| editorajandaira

[VIU? FOI FÁCIL!]